별 게 아니라고 말해줘요

도재경 소설집

별 게 아니라고
말해줘요

도재경 소설집

차례

피에카르스키를 찾아서

간판도 없는 상점 입구에는 한쪽 날개가 부서진 천사의 조각상이 걸려 있었다. 그곳은 일관성이라곤 찾아볼 수 없는 허름한 잡화점에 지나지 않았는데 뿌얀 먼지가 가득한 진열장에 유난히 반짝거리는, 그러나 축 처진 눈매 탓에 어딘지 모르게 슬퍼 보이는 난쟁이 동상 하나가 내 시선을 잡아끌었다. 사실 녀석은 입이 쩍 벌어져 있는 것을 제외하곤 거리를 산책하며 보았던 여느 난쟁이 동상과 크게 다르진 않았다. 거리의 녀석들은 제각기 독특한 모습으로 사람들의 시선을 끌었다. 가령 화재로 복원 중인 성 엘리자베스 성당 앞에는 불 끄는 소방관 난쟁이 동상이, 노천카페 부근에는 보드카와 맥주를 마시는 술주정뱅이 난쟁이 동상이 자리를 지키고 있었다. 사람들의 손길을 타 반지르르한 거리의 녀석들은 행인들에게 저마다의 사연을 말하고 있는 것 같았다. 그런데 진열장의 녀석은 이전에 보았던 난쟁이 동상과는 왠지 다른 분위기를 풍겼다. 녀석은 고깔모자를 푹 눌러쓴 채 손나발을 불 듯 두 손을 입가에 대고 창밖을 바라보고 있었는데 마치 절규하는 것 같으면서도 누군가에게 귓속말을 속삭이는 것 같기도 한 어정쩡한 모습이었다.

녀석은 뭘 말하려는 걸까?

나는 상점 문을 열었다. 싸한 금속 냄새와 케케묵은 책 냄새가 코끝을 찔렀다. 입구 쪽에는 빛바랜 엽서를 비롯해 헌책 따위가 어지러이 쌓여 있었고, 선반에는 용도를 알 수 없는 온갖 잡동사니가 널브러져 있었다. 어두침침한 백열등이 비추고 있는 작은 탁자 위에는 자전축 나사가 빠진 지구본이 갸우뚱하게 놓여 있었다. 그 너머에서 늙은 주인이 유령처럼 얼굴을 쑥 내밀었다. 나는 상점 안을 둘러보는 척하며 주인에게 진열장의 녀석이 무얼 하는 거냐고 물었다. 주인의 대답은 뜻밖이었다. 그는 벙거지를 슬쩍 들어 올리며 진열장 바닥에 떨어져 있던 작은 청동 조각을 집어 들었다. 그러고는 용접을 하면 문제없다며 조각을 녀석의 입에 조심스럽게 끼웠다. 그러자 슬퍼 보였던 모습은 오간 데 없고 녀석의 얼굴엔 천진난만한 기쁨이 사르르 번지는 것처럼 보이는 게 아닌가. 그것은 다름 아닌 녀석의 입에 물려 있던 빵이었다. 빵을 먹는 난쟁이. 어쩐지 조금은 싱거운 기분이 들었다. 그냥 나오기가 뭣해 가게 안을 서성거리자 주인은 내게 찾는 물건이 있냐며 친근한 어투로 물었다.

여기에선 팔지 않는 물건이 없소. 여기 없는 물건은 세상에도 없지요. 여길 봐요. 촛대, 은그릇, 사진첩, 그림, 자물쇠, 심지어 일기도 있어요. 저쪽 구석에 잘 찾아보면 빌어먹을 총통 나리가 쓴 연애편지도 있을 거요. 그건 불쏘시개로 쓰거나 뒤를 닦는 데에 제격이죠.

주인은 폴란드인 장사꾼치고는 영어가 꽤나 유창했다. 만약 작달막한 청년이 한 질의 책을 팔기 위해 가게로 들어오지 않았다면 나는 주인이 늘어놓는 장광설을 대책 없이 듣고 있어야만 했을 것이다. 청년이 책값을 흥정하는 동안 나는 조용히 가게를 빠져나왔다. 시차 탓에 여전히 머리가 묵직했다. 광장 근처에 위치한 호텔로 돌아오는 길에 마트에 들러 샌드위치와 맥주 한 팩을 샀다. 나는 호텔로 돌아오자마자 샤워를 한 뒤 노트북을 펼쳤다. 몇 통의 메일이 수신되어 있었다.

먼저 가제타 비보르차의 마이코프스키 기자로부터 온 메일을 열었다. 동년배인 그는 십여 년 전 영화제에서 처음 만난 이후로 간간이 안부를 주고받아온 사이였는데 서울을 떠나기 전 그에게 야체크 피에카르스키에 대해 알아봐달라고 부탁을 해놓은 터였다. 그는 마침 브로츠와프에 취재차 방문할 일이 있으니 괜찮다면 다음 날 식사를 함께하자고 청했다. 만약 그로부터 답장이 없었다면 브로츠와프 대학을 직접 방문해볼 작정이었으므로 번거로움을 덜게 된 것이다. 나는 흔쾌히 좋다는 답장을 보냈다. 이어서 박 류드밀라 여사의 조카인 율리아가 보낸 메일을 확인했다. 카를로비 바리 영화제 참석을 겸해 폴란드에 들를 계획이라며 메일을 보낸 게 보름 전 일이었으니 박 류드밀라 여사는 분명 피에카르스키에 대한 어떤 소식을 기다리고 있으리라. 하지만 그녀의 조카로부터 온 메일은 예상치 못한 내용이었다. 박 류드밀라 여사가 여든여섯을 일기로 타계한 것이다.

　박 류드밀라 여사를 처음 만난 건 재작년 봄 〈긴 벽〉을 촬영하기 위해 카자흐스탄 카라간다에 방문했을 때였다. 고려인 아이들을 위해 몇 편의 동화도 집필한 경력이 있는 그녀는 한평생 강제이주 역사를 연구해온 재야의 학자였다. 그녀는 러시아어를 유창하게 구사했지만 인터뷰를 할 때만큼은 유독 한국어를 사용하려고 애썼다. 촬영을 앞둔 당시, 그녀가 수집해온 각종 기록물과 증언에 대해 내심 기대했던 바가 컸던 게 사실이다.

　크렘린의 독재자가 강제이주 정책을 시행한 1937년 가을, 그녀는 고작 여섯 살이었다. 그녀의 막냇동생은 우수리스크에서 카라간다 지역으로 이동하던 열차 화물칸에서 아사해 시베리아 벌판에 버려졌고, 모친과 오빠는 카라간다에 도착한 후 학질에 걸려 일 년을 채 넘기지 못하고 세상을 떠났다. 그녀의 부친은 만주와 연해주 일대에서 항일무장투쟁에 가담했다는 이유로 강제이주 직후 간첩죄로 체포되어 정치범 수용소로 끌려가 결국 실종되었다. 천애의 불모지에 남겨진 그녀가 한 살 터울의 동생과 함께 겪어온 간난신고는 여느 고려인과 다를 바 없이 참혹한 것이었다. 훗날 그녀의 부친이 코틀라스 강제수용소에서 괴혈병으로 사망했다는 사실을 접한 뒤 그녀는 '고려인 실종자 명부' 집필에 착수했다.

삼십 년 넘는 세월 동안 그녀가 직접 답사하고 발굴하여 정리한 '고려인 실종자 명부'는 아쉽게도 미완성인 채로 남아 있었는데, 그 많은 실종자를 일일이 찾아내는 작업이 벅차기도 했을 것이다. 그럼에도 불구하고 그녀가 연구해온 러시아와 중앙아시아 등지에 살고 있는 고려인에 대한 자료들은 다큐멘터리를 제작하는 과정에 실로 큰 도움이 되었다. 그러나 안타깝게도 그녀의 촬영 부분은 절반 이상을 도려낼 수밖에 없었다. 물론 그녀의 증언과 기록들을 신뢰하지 못해서가 아니었다.

고모, 또 그 얘기예요?

율리아가 박 류드밀라 여사의 무릎에 담요를 덮어주며 말했다. 박 류드밀라 여사는 지난해 가을 마지막 인터뷰를 할 때까지 다큐멘터리의 기획의도와 벗어난 이야기를 곧잘 하곤 했다. 당연히 인터뷰는 번번이 중단될 수밖에 없었다. 그날 역시 마찬가지였다. 그녀는 내게 보여주려던 문서를 탁자에 내려놓고 느닷없이 피에카르스키에 대한 소식을 들은 게 있냐고 물었다. 그러고는 낡은 궤짝에서 손수건에 싸인 물건을 꺼내었다. 그것은 피에카르스키가 보르쿠타 수용소로 이송되기 전 그녀에게 줬다는 하모니카였다. 그녀의 말에 따르면 그는 하모니카 연주 실력이 좋아 곧잘 아리랑을 비롯해 여러 민요를 따라 불렀다고 했다. 나는 하는 수 없이 박 류드밀라 여사의 굽은 손을 붙잡고 다큐멘터리 제작이 끝나는 대로 그에 대해 수소문해보겠다고 선뜻 약속하고 말았다. 그러나 막상 어디서부터 어떻게 접근해야 할지 엄두조차 나지 않았고, 심지어 무모하게까지 여겨졌다. 설령 그가 지금껏 살아 있다고 해도 백 살 가까운 노령인지라 두 사람의 재회를 장담할 수도 없었다.

피에카르스키가 실존했던 인물임에는 의심할 나위가 없었다. 박 류드밀라 여사가 러시아 문서보관소에 요청하여 어렵사리 확보한 자료에 의하면 그는 카라간다 정치범 수용소와 농업 교정 노동 수용소를 거쳐 우랄산맥 북단 보르쿠타 수용소로 이송되어 강제노역에 동원된 바 있었다. 두 사람이 만났던 기간은 약 10개월로, 피에카르스키가 정치범 수용소에서 농업 교정 노동 수용소로 이송돼 후방 교육 일꾼으로 복역하던 시기였다. 당시 류드밀라는 열다섯, 피에카르스키는 스물다섯이었다. 황무지를 개간하는 작업은 끝이 없었다. 남녀노소 할 것 없이 돌을 골라내고 흙을 퍼다 날라야 했다. 그런 와중에 고문과 강제노역으로 만신창이가 된 피에카르스키를 그녀가 직접 간호했다고 한다. 그녀가 문제의 이야기를 듣게 된 것은 바로 그즈음이었다.

로켓이요?

박 류드밀라 여사의 첫 인터뷰 중 나온 얘기는 너무나도 뜬금없었다. 그러니까 그 사람이 우주로 로켓을 발사했다는 말씀이신 거죠? 그녀의 표정이 자못 진지해 나는 헛웃음조차 칠 수 없었다. 그녀는 고령임에도 불구하고 사리가 밝았고 적잖은 유머감도 가지고 있었다. 그래서 우주로켓에 대한 이야기를 처음 들었을 때만 하더라도 나는 그녀가 농담을 하는 것이라 여겼다. 내가 아는 바로 우주에 발사된 최초의 인공위성은 스푸트니크 1호였다. R-4 로켓에 의해 발사된 그 인공위성은 석 달간 지구를 돌다가 대기권으로 진입해 타버려 수명을 다했다. 한데 박 류드밀라 여사의 말에 의하면 최초의 우주로켓은 그보다 십이 년 앞서 발사되었다는 것이다. 바로 피에카르스키에 의해서 말이다. 만약 그녀의 말이 사실이라면 우주개발 역사는 새로이 쓰여야 했다. 나는 메모하던 볼펜을 내려놓고 그녀를 멍하니 바라보았다.

브로츠와프 출신의 야체크 피에카르스키가 카라간다 정치범 수용소로 이송된 시기는 1945년 6월이었다. 그가 이송되기 두 달 전, 발트해 연안의 폐허가 된 페네뮌데 로켓 기지에서 의문의 로켓 한 발이 발사되었다. 요즘 같으면 최첨단 레이더망에 꼼짝없이 걸려들어 격추되었을 테지만 당시엔 그럴 만한 상황이 아니었다. 베를린 함락을 목전에 둔 연합군은 들떠 있었고, 돼먹지 못한 짓만 일삼다가 궁지에 내몰린 총통이란 작자는 자신의 권총을 만지작거리고 있던 형편이었다. 그로부터 며칠 뒤 한 청년이 국경을 넘다가 소련 비밀경찰에게 체포되었다. 독일의 로켓 공학자 베르너 폰 브라운을 쫓고 있던 소련 비밀경찰에게 까까머리 청년의 존재는 보잘것없는 애송이에 지나지 않았다. 그런데 그가 가지고 있던 로켓 설계도가 문제였다. 소련 비밀경찰의 험악한 심문에 청년은 자신이 폰 브라운 로켓 연구팀의 조수였고 얼마 전 발사 버튼을 누른 장본인이라고 밝혔다.

그래서 네 녀석이 발사한 로켓이 어디에 떨어졌다는 거지?

소련 비밀경찰이 물었다. 청년은 짙푸른 하늘을 가리키며 이렇게 대답했다.

아마, 지금쯤 달을 지나고 있을 겁니다.

나는 박 류드밀라 여사의 이야기를 어떻게 받아들여야 할지 난감했다. 제2차 대전 때 우주로켓이 발사됐다는 얘기는 그야말로 금시초문이었다. 만약 피에카르스키가 쏘아 올렸다는 로켓의 탄두부에 측정기나 송신기 따위라도 탑재했더라면 최초의 우주 탐사선으로 이름을 남겼을지도 모를 일이다. 혹시나 싶어 서울로 돌아오자마자 도서관과 인터넷 자료들을 뒤적거려보았다. 하지만 우주로켓이 발사되었다는 기록은 어디에서도 확인할 수가 없었다. 당시 로켓 공학 기술로는 어림없는 일이었다. 미국으로 망명한 베르너 폰 브라운이나 소련의 로켓 공학자 세르게이 코롤료프가 우주로 로켓을 쏘아 올린 일은 훨씬 이후의 일이었다. 내로라하는 로켓 공학자들마저도 숱한 실패를 거듭한 끝에 간신히 우주로켓을 발사한 마당에 한낱 조수에 불과했던 청년이 그 어떤 시행착오도 없이, 그것도 단독으로 그 일을 해냈다니. 과연 그럴 수 있었을까. 폰 브라운이나 코롤료프가 그 사실을 알았다면 고개를 절레절레 흔들 일이었다.

창밖에서 사람들의 환호성과 음악 소리가 들려왔다. 나는 맥주 캔을 든 채 창가로 다가섰다. 저녁 아홉 시가 다 되어가는 시각이었지만 거리는 늦은 오후처럼 환했다. 덥수룩하게 수염을 기른 악사가 광장의 벤치 위에 올라서서 흥겹게 아코디언을 연주하고 있었고, 고깔을 쓴 젊은 남녀가 리듬에 맞춰 춤을 추는 중이었다. 광장 주변 테라스에는 삼삼오오 모여 앉은 사람들이 술과 음료를 즐겼고, 아코디언 연주가 끝나자 갈채를 보냈다.

춘천에서 태어난 그녀가 모친과 함께 연해주로 이주한 건 네 살 때 일이었다. 그곳에서 다시 만난 부친은 그해 겨울 어린 그녀에게 팽이를 깎아주었다. 오빠를 따라 꽝꽝 언 개천에서 팽이를 치고 놀았고, 해가 지면 작은 초가에 온 가족이 모여 앉아 도란도란 이야기를 나누며 저녁을 먹었다. 박 류드밀라 여사는 그때를 일생에서 가장 행복한 시절이었다고 추억했다.

돌아가고 싶지 않으세요?

마지막 인터뷰를 하던 날, 나는 박 류드밀라 여사에게 그렇게 물었다. 그녀는 두 눈이 침침한지 연신 껌뻑거리고는 우두커니 허공에 눈길을 주었다. 나는 잠시 후 같은 질문을 다시 한번 건네야 했다. 하지만 그게 우문이었음을 뒤늦게 알아차렸다.

……어디로?

오랜 침묵 끝에 그녀가 입을 열었다. 그녀의 되물음에 말문이 막혔다. 일순간 묘한 자책감이 밀려들었다. 박 류드밀라 여사는 아무런 말 없이 주름진 입가를 손수건으로 훔치고는 길게 한숨을 내쉬었다. 그녀의 한숨소리는 카라간다의 메마른 바람처럼 푸석푸석하게 느껴졌다. 그녀는 결혼을 하지 않아 자식이 없었다. 하나뿐인 동생은 예순을 넘기지 못해 간암으로 세상을 떠났고, 나이가 들어서는 둘째 조카인 율리아에게 의탁해오던 터였다. 그날 늦은 오후 마지막 촬영을 위해 우리는 카라간다 시내에서 그리 멀지 않은 묘지를 방문했다. 율리아는 고모가 매달 한 번씩 그곳을 찾는다고 알려주었다. 박 류드밀라 여사는 동생 묘비 위의 자잘한 흙 알갱이들을 손바닥으로 쓸어냈다. 그녀의 손길이 가닿은 묘비는 반질반질했다. 나는 묘비 앞에 엎드려 흐느끼는 그녀의 모습을 클로즈업했다. 율리아는 그녀를 부축해 일으켜 세웠다. 서쪽 하늘이 어느새 자홍빛으로 물드는 중이었다. 두 사람은 묘지를 벗어나 황혼으로 물든 초원을 걸었다. 나는 내심 다큐멘터리의 마지막 장면이 결정되었다고 생각하며 스태프와 함께 그들을 천천히 뒤따라갔다.

율리아가 저녁을 준비하는 동안 박 류드밀라 여사는 서랍에서 모서리가 닳은 두꺼운 공책 두 권을 꺼내어 보여주었다. 빛바랜 공책에는 한국어와 러시아어가 빼곡히 병기되어 있었다. 첫 권에는 그녀가 피에카르스키로부터 들은 이야기를 비롯해 그와 함께했던 일들이 꼼꼼히 적혀 있었는데 심지어 그가 그려주었다는 로켓 설계도도 포함되어 있었다. 그리고 다른 한 권에는 그의 행방을 추적한 자료들이 스크랩되어 있었다.

그때만 해도 로켓이 뭔지 몰랐지.

그녀는 돋보기를 쓰고 공책을 찬찬히 넘겨보며 말했다.

그래서 그게 무슨 말이냐고 물어보았어. 그는 곰곰이 생각하더니 밤하늘을 여행하는 기관차 같은 거라고 설명해주더군. 그러자 덜컥 겁이 나는 게 아니겠어. 모스크바의 불한당이 하다하다 못해 이제 우리를 아예 세상 밖으로 내쫓아버리려는 수작이구나, 그런 생각이 드는 거야. 그런데 그게 아니었더군.

정말로 그가 우주로켓을 발사했다고 믿으세요?

그럼 무슨 이유로 믿지 않을 수 있겠나? 자네들만큼은 아니겠지만 나도 이제 로켓이 뭔지는 어느 정도 안다네. 그걸 저 위로 날려 보내는 일이 얼마나 어려운지도 말이야.

나는 동양에서 온 작은 소녀와 서양에서 온 청년이 감시병 눈을 피해 갈대숲에 숨어 누워서 밤하늘을 올려다보는 장면을 상상해보았다. 그녀가 피에카르스키의 이야기를 철석같이 믿는 이유를 묻지 않을 수 없었다. 그녀의 대답은 의외로 간명했다.

그땐 사는 게 더 거짓말 같았으니까.

두 사람이 헤어진 건 1947년 봄이었다. 피에카르스키는 쇠사슬에 매인 채 가축 수송용 무개 화물차에 실려 어딘가로 끌려갔다. 그곳은 바로 보르쿠타 수용소였다. 박 류드밀라 여사가 스크랩한 자료에는 피에카르스키가 1947년부터 1953년까지 그곳에 수용되었다는 기록이 남아 있었다. 그러나 1953년, 보르쿠타 수용소에서 대규모 폭동이 일어난 직후부터 그의 생사는 묘연했다. 사망자나 부상자 명단 그 어디에서도 그의 이름은 없었다.

훗날 박 류드밀라 여사는 피에카르스키와 함께 수용소 생활을 했다던 생존자들을 수소문해서 만났다. 그들은 피에카르스키가 폭동에 가담하진 않았지만 그날 이후 감쪽같이 사라졌다고 입을 모았다. 마치 처음부터 없던 사람처럼.

한데 의아한 건, 그들 역시 피에카르스키가 우주로켓을 쏘아 올린 장본인이라고 확신하고 있었다는 것이다.

아마 그날 저녁 율리아가 우리를 식탁으로 부르지 않았다면 밤늦도록 그에 대한 이야기를 이어갔을지도 모르겠다. 저녁상은 소박한 편이었다. 식탁에는 된장을 묽게 풀어 끓인 배춧국과 카자흐스탄 전통 빵인 바우르삭, 그리고 배추김치, 배고자, 팥고물 떡 등이 차려져 있었다. 박 류드밀라 여사는 한국의 만두보다 훨씬 더 맛있을 거라며 배고자가 담긴 접시를 내 앞으로 옮겨놓았다.

그런데, 정말 그랬던가?

그녀가 권했던 음식의 맛이 어땠는지 전혀 기억나지 않았다. 나는 애도의 답장을 쓰려다 말고 노트북을 덮었다. 멀지 않은 곳으로부터 은은한 종소리가 울려 퍼졌다. 그녀는, 황량하고 낯선 이국 땅에, 그러나 평생을 발붙이고 살았던 카라간다 초원에 묻혔을 것이다. 그녀에게 고향은 죽어서도 돌아갈 수 없는 곳이 되어버렸다. 나는 그녀로부터 건네받은 두 권의 공책을 가방에서 꺼내어 펼쳐보았다. 공책의 앞장에는 야체크 피에카르스키에게 보내는 정성스러운 편지글이 적혀 있었다. 그를 찾으면 전해달라는 그녀의 간곡한 부탁이 어쩐지 허망하게 여겨졌다. 설령 피에카르스키가 생존해 있더라도 까마득한 나이였다. 무슨 수로 공책을 전할 수 있을까. 그리고 무엇보다도 공책의 무게를 내가 감당하기엔 너무 버거웠다.

창문 밖 주홍색 불빛이 크고 작은 건물들을 비추었다. 나는 미지근해진 맥주를 한 모금 마셨다. 어느덧 거리는 한산해졌고, 멀리서 취객의 노랫소리가 들렸다. 광장 구석진 곳에 낡은 모포를 뒤집어쓴 구부정한 부랑자 한 명이 종이상자를 펴서 잠자리를 만드는 모습이 보였다. 그는 종이상자 위에 앉아 꼬깃꼬깃한 신문지에 싸인 빵을 꺼내어 먹었다. 가로등 불빛이 어슷하게 내리비추는 그의 얼굴은 멍이 든 것처럼 칙칙해 보였다.

1939년, 브로츠와프는 이미 독일군에게 점령된 상태였다. 독일군은 사회 인프라는 물론 피란 행렬에 대해서도 가차 없이 폭격을 가했고, 심지어 묘지까지 파괴했다. 피에카르스키의 가족은 독일군에게 체포되어 몰살당했고 요행히 그만 살아남았다. 박 류드밀라 여사의 말에 따르면 피에카르스키는 브로츠와프 대학의 유능한 공학도였다고 한다. 당시 독일군은 유대인들과 마찬가지로 폴란드인들을 절멸할 계획을 가지고 있었다. 독일군은 폴란드 점령 직후 사회 지도층이나 교수, 의사 등의 엘리트들을 우선적으로 색출해 처형했고, 수많은 사람을 무자비하게 학살하거나 강제수용소에 가두었다. 그런데 어째서 독일군은 유능한 공학도였다는 피에카르스키를 살려두었던 것일까. 어찌 됐건 그가 가까스로 살아남아 폰 브라운의 로켓 연구팀에 합류하였다고 해도 또 다른 의문들이 꼬리에 꼬리를 문다.

폰 브라운이 개발한 A-4 로켓의 시험발사가 성공하자 베를린의 우두머리는 즉각 '보복의 무기'로 사용하기로 결정한다. 이른바 V-2 로켓. 런던으로 발사된 이 새로운 무기로 인해 사람들은 또 다른 지옥을 경험하게 된다. 그게 끝이 아니었다. 로켓의 덩치는 더 커졌고 탄도거리는 계속해서 늘어났다. 폰 브라운은 독일에서 미국 본토까지 날려 보낼 수 있는 탄도 미사일을 개발하기 위해 박차를 가했다. 전쟁 막바지에 미국과 소련이 폰 브라운의 로켓에 눈독을 들였던 건 당연한 일이었다. 폰 브라운이 개발한 로켓은 그만큼 독보적이었다. 하물며 스무 살을 갓 넘긴 애송이가 제아무리 뛰어난 공학 지식을 가졌다고 해도 폰 브라운이 과연 그를 필요로 했을까. 또 하나, 폰 브라운은 베를린의 우두머리가 자살했다는 소식을 접하자마자 재빨리 미군에 투항한다. 당시 미국은 독일의 고급 기술자들을 비밀리에 빼돌리기 급급했는데 만약 그들에게 피에카르스키가 필요했다면 미국행 명단에 당연히 그의 이름을 포함했을 것이다. 하지만 그러지 않았다. 피에카르스키의 행적이 석연치 않은 건 그뿐만이 아니었다. 독일군은 페네뮌데에서 퇴각하면서 기반시설을 모조리 파괴했다. 그렇다면 피에카르스키는 폐허가 된 기지에 홀로 남아 부품을 조립해 우주로 로켓을 쏘아 올렸다는 얘긴데. 어쩌면 정확한 지점에 로켓을 떨어뜨리는 일보다 대기권 밖으로 로켓을 날려버리는 게 더 쉬운 일이었을지는 모르겠다. 그렇지만, 그건 너무나 무모한 짓이 아닌가. 더군다나 페네뮌데는 곧바로 소련의 붉은 군대가 점령했고, 그들 역시 로켓 기술자들을 색출하던 중이었다. 그런 와중이라면 어느 누구라도 위험천만한 일을 감행할 이유가 없었다. 게다가 그가 소련 비밀경찰에게 붙잡힌 직후 쓸모가 있었다면 분명 소련의 로켓 공장으로 끌려갔을 것이다. 그러나 그가 끌려간 곳은 다름 아닌 카라간다의 불모지였다.

피에카르스키의 로켓 이야기를 곧이곧대로 받아들이기에는 허술한 구석이 너무 많았다. 그렇지 않은가. 우주로켓이라니, 터무니없는 얘기였다. 박 류드밀라 여사가 고령인 점을 감안하면 일정 부분 왜곡된 기억이 있기야 하겠지만 부러 허황된 이야기를 지어낼 까닭은 없었다. 당시 그녀는 로켓이 뭔지도 몰랐다고 하지 않았던가. 아무래도 우주로켓은 피에카르스키가 지어낸 이야기일 가능성이 높았다. 그렇다면 그가 도대체 무슨 이유로 어린 류드밀라에게 그런 엉뚱한 얘기를 지어내 들려준 것일까? 한편 박 류드밀라 여사의 태도도 의아하긴 마찬가지였다. 그녀가 우주로켓에 관한 이야기를 처음 접했을 나이가 십대 중반이었다 하더라도 이후 충분히 검증의 시간을 가졌을 것이다. 그러한 과정에 그녀 역시 내가 가져왔던 의문에 맞닥뜨렸을 게 틀림없다. 그런데도 그녀는 왜 한사코 우주로 켓이 발사되었다고 믿어온 것일까?

자네가 부탁한 걸 알아봤는데 말이야.

다음 날 오후, 오데르 강변으로 이어진 골목에 위치한 작은 카페에서 마이코프스키를 만났다. 카페에는 진한 치즈 냄새가 풍겼다. 건너편 테이블에는 중년의 여인이 치킨커틀릿을 먹으며 책을 읽고 있었다. 마이코프스키는 자리에 앉자마자 가방에서 서류 뭉치를 꺼냈다.

그런데 뭔가 이상하더군.

그의 말인즉 누군가 야체크 피에카르스키의 이름을 여기저기에 뿌리고 다닌 것처럼 도처에서 그의 행적이 발견되었다는 것이다. 1921년 브로츠와프에서 출생한 야체크 피에카르스키는 분명 한 명이었다. 이후 1939년까지 그는 브로츠와프에 거주했으며, 독일군의 폴란드 침공 당시 그는 대학에 재학 중이었다. 한데 거기서부터 이상했다.

전공이 철학이라고?

응.

마이코프스키는 문서를 손가락으로 가리켰다.

분명 철학이라고 적혀 있어.

박 류드밀라 여사가 기억하기로는 피에카르스키는 공학도라고 했다. 물론 그녀가 착각했을 가능성도 충분히 있었다. 그렇지만 철학을 전공하던 그가 무슨 수로 로켓을 쏘아 올릴 수 있었을까.

그 밖에도 이상한 점은 한두 가지가 아니었다. 그에 대한 자료를 넘겨보던 나는 점점 혼란에 빠져들었다. 기록에 남아 있는 그의 행적은 마이코프스키의 말마따나 유럽 전역을 망라했다. 일테면 절멸수용소 중 하나로 알려진 슈투토프 강제수용소의 생존자 명단에는 분명 야체크 피에카르스키라는 이름이 적혀 있었다. 그런데 같은 시기 가디언 지(紙)의 한 지면에는 영국 공군의 전투기 중대에서 활약한 망명 폴란드 출신 조종사인 그에 대한 기사가 실려 있었다. 뿐만 아니었다. 1943년 폴란드 망명 정부 명단과 이듬해 바르샤바 봉기군이 배포한 유인물에서도 그의 이름을 찾을 수 있었다. 그런가 하면 심지어 함부르크 폭격 당시 폴란드인 사망자 명단과 노르망디 상륙작전의 연합군 전사자 명단에도 그의 이름이 있었다. 분명 모두가 출생일과 출생지가 같은 동일 인물이었다. 내 눈이 의심스러울 지경이었다. 신출귀몰한 그의 행적은 앞뒤가 전혀 맞지 않았다. 마이코프스키가 애써 찾아온 자료들은 기록상 착오라고 보기엔 범위를 너무나도 벗어난 것들이었다. 게다가 그가 로켓을 쏘아 올렸다고 유추할 만한 근거는 그 어디에서도 찾을 수가 없었다.

어째서 이럴 수가 있지?

그건 내가 자네에게 묻고 싶은 말이었어. 이 사람 도대체 누군가?

로켓을 발사한 사람. 게다가 지구 밖으로 말이야.

뭐라고?

마이코프스키는 두 손을 펼치며 믿기지 않는다는 표정을 지었다. 나는 가방에서 노트북을 꺼내 〈긴 벽〉의 미편집 영상을 마이코프스키에게 보여주었다. 마이코프스키는 박 류드밀라 여사의 인터뷰 영상을 골똘히 바라보았다.

이거 흥미진진한걸.

그게 전부가 아니야.

나는 가방에서 박 류드밀라 여사의 공책을 꺼냈다.

정말 집요하신 분이군.

마이코프스키는 공책을 훑어보며 말했다.

만약 그녀의 말이 사실이라면 빅뉴스가 되겠는걸. 그렇지 않나?

물론이야. 하지만 있을 수 없는 일이야. 당시 과학 기술로는 어림도 없었지. 이건 둘 중 누군가의 공상에 불과해.

그럴지도 모르지. 하지만 그때의 공상이 오늘날엔 현실이 되기도 했잖아. 기왕 여기까지 왔으니 한 번 찾아가보는 건 어때?

마이코프스키는 지도를 검색해보더니 피에카르스키가 살았다는 집을 찾아보자고 제안했다. 다행히 그의 생가는 카페에서 그다지 멀지 않은 곳이었다. 너무 오래전 일이라 작은 실마리조차 찾기 힘들 테지만 이대로 시간만 허비하다가 떠나긴 찜찜했다. 우리는 카페에서 간단히 점심을 해결한 뒤 오데르 강변으로 향했다. 하늘은 흐렸지만 비는 내리지 않았다. 습한 바람이 불었고, 이따금 젖은 풀

냄새가 코끝에 스쳤다. 마이코프스키는 이동하는 동안 〈긴 벽〉에 대한 간략한 인터뷰를 진행해도 되겠냐며 녹음기를 꺼냈다. 어느 정도 예상했던 일이라 나는 기꺼이 수락했다. 마이코프스키는 먼저 〈긴 벽〉을 본 간략한 소감을 밝힌 뒤 경력이 풍부한 기자답게 자연스럽게 인터뷰를 이끌었다. 몇 차례 문답이 오간 뒤 그는 〈긴 벽〉이 내게 부여하는 의미가 무엇이냐고 질문했다. 혹시 내가 잘못 알아들은 게 아닐까 해서 그에게 되물었다.

그래. 〈긴 벽〉이 자네에게 부여하는 의미.

어려운 질문이군.

나는 곰곰이 생각해보다가 결국 모르겠다고 대답했다.

혹시 다른 이유가 있어서인가?

글쎄? 촬영을 끝내고 보니 애초 기획했던 것과는 달리 여러 가지 의문에 봉착하게 되더군. 상식적으로 보면 훨씬 더 많은 사상자가 발생할 수도 있었겠지. 그런데 말이야, 그들이 살아남은 데에는 또 다른 이유가 있지 않았을까, 그런 생각이 드는 거야. 종교나 어떤 신념 때문이었을까? 어쩌면 그럴 수도 있겠지. 한데 아직까진 잘 모르겠어. 삶이 뭘까? 이 간단한 질문에 대한 해답을 과연 내가 찾아낼 수 있을까? 늘 그래왔듯 난 그저 현실을 고스란히 카메라에 담고자 했을 뿐이야. 하지만 그들의 이야기를, 그들의 삶을 오롯이 담아냈는지 의문이 들어. 부끄럽지만 그게 사실이야.

현실을 기록하는 측면에서 다큐멘터리는 픽션과 두드러진 차이가 있긴 하지만 원론적으로 보자면 그 역시 재구성된 하나의 이야기다. 쓸 만한 장면을 추려내 부품 조립을 하듯 이리저리 재배치해야 한다. 극적인 장면도 필요하다. 〈긴 벽〉 역시 이러한 전형에 충실히 따르려 했을 뿐, 그것을 통해 내게 어떤 의미가 부여되리라 생각해본 적은 없었다. 적어도 촬영을 하는 동안에는 그랬다. 그런데 언제부턴가 줄곧 가슴 한구석이 헛헛했다. 어쩌면 박 류드밀라 여사 때문인지도 모르겠다. 사실 그녀의 인터뷰는 촬영 중에 만난 어느 누구보다 기대가 컸다. 하지만 그녀의 일화는 애초 기획했던 제작 방향과는 너무나도 어긋나 상당 부분 편집할 수밖에 없었다.

우리는 오데르 강변을 따라 천천히 걸었다. 유람선 한 척이 물살을 가르며 지나갔고, 강 가장자리에 작은 소용돌이가 일었다. 유람선 갑판 위에 서 있던 관광객이 우릴 향해 손을 흔들었다. 나도 그들을 향해 손을 흔들어 주었다. 우리는 오십 미터가량 더 걷다가 다시 구시가 골목 방향으로 들어섰다.

여기 어디쯤일 텐데.

마이코프스키는 휴대폰으로 지도를 확인하고는 앞장서 걷다가 작은 상점 앞에 멈춰 섰다. 그는 벽에 붙은 주소를 다시 한번 확인해보고는 여기였군, 중얼거리며 건물을 올려보았다.

여기라고?

한쪽 날개가 부서진 천사의 조각상이 우리를 내려다보고 있었다. 마이코프스키는 상점 문을 열었다. 상점 주인은 나무의자에 앉아 꾸벅꾸벅 졸고 있었다.

예상대로 상점 주인은 야체크 피에카르스키라는 이름을 처음 들어본다고 했다. 하루 전과 달리 그의 두 볼은 홍조를 띠었는데 입에서 옅은 보드카 냄새가 났다.

근데 그 사람을 왜 찾는 거요?

전해줄 게 있어서요.

마이코프스키가 나를 대신해 대답했다. 그게 뭔지 궁금하진 않군, 주인은 심드렁하게 대꾸하고는 대뜸 나를 알은체하며 브로츠와프가 처음이냐고 물었다. 그렇다고 하자, 그는 난쟁이 동상이 브로츠와프의 터줏대감이 된 사연부터 시작해 도시의 명소에 대해 주절주절 늘어놓는가 싶더니 자연스럽게 자기가 파는 물건들로 화제를 돌렸다. 마이코프스키는 건성으로 상점 안을 둘러보고는 주인에게 혹시 부친이 생존해 계시냐고 물었다. 주인은 게슴츠레한 눈초리로 마이코프스키를 힐끗거리고는 진열장 쪽으로 다가가 난쟁이 동상을 돌려 세웠다.

여기 계시잖소.

그것은 그가 부친을 기억하기 위해 직접 만든 것이라고 했는데 처음 보았을 때와 마찬가지로 입이 텅 비어 있었다.

희한하게도 매일 닦아주지 않으면 두들겨 맞은 것처럼 이렇게 얼룩이 생기지 뭐요.

그는 마른 헝겊으로 난쟁이 동상의 등에 핀 얼룩을 닦으며 말했다. 나는 그의 부친에 대한 얘기를 좀 더 들을 수 있겠냐고 부탁했다. 그러자 그는 나를 경계하듯 바라보았다. 마이코프스키는 주인에게 내가 한국에서 온 다큐멘터리 감독이고 자신은 가제타 비보르차의 기자라고 소개하며, 상점까지 찾아오게 된 경위를 간략하게 설명했다.

우주로켓이라, 그거 재미있구먼. 그래, 피에카르스키라는 그 사람에 대해 뭐라도 좀 알아냈소?

오히려 더 복잡해졌습니다.

나도 모르게 한숨이 새어 나왔다. 어느샌가 그의 눈시울이 붉어진 것처럼 보였는데 어쩌면 나만 그렇게 느낀 것인지도 모르겠다.

괜찮다면 보드카 한 잔 하시겠소?

잠깐의 침묵 뒤에 주인이 느닷없이 물었다. 마이코프스키가 내 의중을 살피듯 돌아보았다. 나는 고개를 살짝 끄덕였다. 주인은 백열등 아래의 작은 탁자로 우리를 안내했다. 하루 전에 보았던 것과 달리 탁자 위에 놓여 있던 지구본의 자전축은 나사못으로 고정되어 있었다. 우리는 주인이 건넨 작은 잔에 보드카를 받았다. 주인은 연거푸 두 잔을 들이켠 뒤에 입을 열었다. 그가 부친과 함께 상점을 운영하기 시작한 것은 사십여 년 전 일이었다.

아버지는 나와 이야기하는 걸 힘들어했소. 나이가 들수록 점점 심해졌죠. 지난 시간이 당신을 끊임없이 괴롭혔던 게지요.

아니나 다를까 그의 부친은 나치 치하 당시 합성고무 생산 공장에서 강제노역을 했던 생존자였다. 말이 공장이지 허구한 날 학대와 폭행이 끊이지 않은 곳이었다. 익히 알려진 대로 그곳은 학살 공장이었다. 연합군이 승리했지만 전쟁은 끝난 게 아니었다. 그의 부친은 날마다 악몽을 꾸었다고 한다. 그건 생존자가 치러야 할 또 다른 전쟁이었다. 그의 부친은 매일 밤 꿈에서 여전히 잿빛 수용소에 갇혀 지내야만 했다.

그날, 아버지는 저주받은 세상에서 가장 고통스러운 게 뭔지 아냐고 물으시더군요. 하마터면 나는 아버지 당신이라고 말할 뻔했지 뭐요.

그 무렵 그의 가족은 지칠 대로 지쳐 있었다. 무려 삼십여 년 가까운 세월 동안 똑같은 이야기를 반복해서 들었으니 그럴 만도 했을 것이다. 주인은 이야기를 하다 말고 작업실로 보이는 곳에서 절인 오이를 조금 내어왔다. 그사이 마이코프스키는 누군가와 전화통화를 하고 돌아왔다. 주인은 절인 오이를 담은 작은 접시를 내 앞에 내밀었다.

고맙습니다. 그래서 뭐라고 하시던가요?

나는 잔을 비우고 절인 오이 하나를 집어 들며 그에게 물었다.

기억요. 가장 행복했던 기억이라고 그러십디다.

나는 그 말을 이해하기까지 약간의 시간이 필요했다. 오이의 시큼한 맛이 코를 자극했다. 이어진 주인의 얘기는 다소 충격적이었다.

그러곤 내가 빤히 보는 앞에서 별안간 당신의 왼쪽 팔뚝 살을 조각칼로 파내는 게 아니겠소. 망할 노인네. 놈들이 새겨놓은 수인번호를 지워버리면 끔찍한 기억도 사라질 거라며, 그러고는 말려볼 새도 없이⋯⋯.

그는 고개를 푹 숙이고 두 손을 깍지 낀 채 말을 잇지 못했다. 마이코프스키가 그의 빈 잔에 술을 따랐다. 주인은 마른세수를 하고는 또 한 잔을 들이켰다. 나는 백열등이 비추고 있는 지구본을 멍청히 바라보았다. 그의 부친이 꾸었던 악몽 속 세계는 우리와 똑같은 인간이 만든 현실이었다. 그의 부친은 피에카르스키와 비슷한 연배였다. 문득 그의 부친이 또 다른 피에카르스키일지도 모른다는 생각이 들었다.

그런데 말이오. 주인이 깍지 낀 손을 풀며 말했다. 아버지도 비슷한 얘기를 하셨던 것 같소. 그래, 기억나는구려. 우주로켓은 아니지만 유에프오인지 뭔지, 그딴 것들을 본 사람들을 만났던 모양입디다. 뭐, 그럴 수 있다고 칩시다. 마치 공상과학영화에서나 볼 법한 이야기들을 술술 늘어놓는데 난 아버지가 점점 미쳐가는 중이라고 생각했지 뭐요. 그런데 지나고 나서 생각해보니 그게 아니었던 같소. 그런 게 구원을 가져다주진 않겠지만 뭐랄까, 거짓말보다 더 거짓말 같은 일들이 날마다 당신의 눈앞에서 버젓이 벌어지는데 믿지 못할 까닭도 없진 않았겠지.

문득 박 류드밀라 여사의 얼굴이 떠올랐다. 어쩌면 주인의 부친도 구멍 뚫린 지붕 아래 숨죽인 채 누워 깜깜한 밤하늘을 올려다보았던 것은 아닐까. 나는 주인에게 박 류드밀라 여사의 공책을 보여주었다. 마이코프스키가 그에게 공책에 대한 얘기를 부연했다. 그는 고개를 끄덕이며 공책에 적힌 러시아어를 더듬더듬 읽다가 병기된 글자가 어느 나라 언어냐고 물었다. 내가 한국어라고 알려주자 그가 대뜸 공책을 사고 싶다고 말했다.

여기에 딱 하나 없던 게 바로, 이 공책이었거든.

나는 팔 수 없는 물건이라고 말했다. 주인은 오해가 없길 바란다며 손바닥을 펼쳐 보였다. 나는 대신 공책을 맡아줄 수 있냐고 부탁했다. 아무래도 공책은 진열장에 놓인 난쟁이 동상 곁에 두어야 할 것만 같았다. 그는 그럴 줄 알았다는 듯 빙긋 웃어보였다.

다음 날 오전, 호텔 로비에서 마이코프스키를 다시 만났다. 그는 브로츠와프 외곽에 살고 있는 조각가를 취재한 다음 곧바로 크라쿠프로 떠나야 한다고 했다. 나는 그와 작별인사를 한 뒤 체크아웃을 했다. 일정을 하루 앞당겨 카를로비 바리로 이동할 예정이었다. 역으로 향하는 길에 떠난다는 인사라도 할 겸 상점을 찾았다. 주인은 상점 구석에 마련된 작업실에서 난쟁이 동상의 빵 조각을 용접하고 있었다. 나는 탁자를 톡톡 두드렸다. 주인은 용접봉을 내려놓고 기다리고 있었다는 듯 나를 반겼다.

안 오면 어쩌나 했는데.

그가 말하길 조금 전에 한 청년이 그 공책을 사갔다는 것이다.

이따금 우리 가게에 책을 팔고 가는 집시 녀석인데, 공책을 보더니 대뜸 자기가 사겠다고 그럽디다. 파는 게 아니라고 아무리 얘기해도 소용없더군. 자기만큼 야체크 피에카르스키를 잘 아는 사람이 없다며 버럭 소리치더니 돈을 휙 던져버리곤 공책을 가지고 달아나 버린 게 아니겠소.

나는 곧바로 청년이 달아났다는 광장을 향해 달려갔다. 광장에는 아코디언을 어깨에 짊어진 악사가 벤치 위에 올라서서 연주를 하고 있었다. 사람들이 하나둘씩 벤치 주위로 모여들었다. 나는 망연히 광장을 두리번거렸다. 광장 어디에서도 주인이 말한 작달막한 청년의 모습을 찾을 수 없었다. 그는 어떻게 야체크 피에카르스키에 대해 알고 있는 것일까? 악사의 손놀림은 점점 빨라지고 하나둘씩 사람들의 어깨가 들썩이기 시작했다. 광장 구석진 곳에선 낡은 모포를 뒤집어쓴 구부정한 부랑자가 이편을 바라보고 있었다. 멍이 든 것처럼 얼룩진 얼굴이 어딘지 모르게 낯익었다. 그의 앞에는 눈에 익은 공책이 반듯하게 놓여 있었다. 나는 그를 향해 한 걸음씩 다가가다 난데없이 나타난 벽에 부딪힌 듯 멈춰 섰다. 미동도 없이 이편을 바라보고 있던 그는 또 하나의 난쟁이 동상이었다. 나는 왔던 길을 뒤돌아보았다. 악사가 무어라 소리치자 곁에 있던 고깔을 쓴 두 명의 춤꾼이 폭죽을 쏘아 올렸다. 짙은 구름 사이로 보이는 창백한 하늘엔 거짓말처럼 낮달이 떠있었다. 악사의 연주곡은 분명 귀에 익었는데 이상하게도 제목이 떠오르지 않았다.

별 게 아니라고 말해줘요

한손에 샴페인을 든 불청객이 현관 앞에 서 있었다.

"혹시 도움이 필요한가요?"

그는 마을 쪽을 손가락으로 가리키며 여자에게 비포장길 고랑에 처박혀 있는 검정색 자동차에 대해 물었다. 회색 머리 위에 자잘한 톱밥이 붙어 있는 그에게서 시큼한 땀 냄새가 났다.

"우리 차가 맞아요. 그런데 누구시죠?"

여자는 불청객에게 되물으며 침대 쪽을 힐끗 보았다. 트레킹을 다녀온 이후 남자는 줄곧 침대에 누워만 있던 터였다.

"아, 소개가 늦었네요. 뤽이라고 합니다."

그는 겸연쩍었는지 오른쪽 아래턱에 볼록 솟아 있는 사마귀를 손가락으로 긁적였다.

"시몽에게 친구가 왔단 얘기를 들었습니다. 시몽의 부모와는 오랜 친구 사이죠. 우리는 몽펠리에서 함께 공부했거든요."

뤽은 두 사람이 한국에서 온 신혼부부라는 사실을 이미 알고 있었다.

여자는 별장에 도착하던 날 오후 통나무집 합각지붕 너머로 우뚝 솟아 있는 고양이 머리를 닮은 눈 덮인 봉우리를 바라보며 시몽에 게 들은 얘기가 언뜻 떠올랐다. 시몽의 부모는 몽펠리에 의대 재학 시절 뤽을 비롯한 몇몇 친구들과 알비즈 쪽을 여행하다가 폐가 네 채를 발견하고 곧바로 사들였다고 한다. 폐가는 그때부터 조금씩 보수해 별장의 꼴을 갖추었는데 그중 한 채가 뤽의 소유였다. 몇 해 전 디종에서 의사 생활을 정리한 뤽은 내친김에 이혼 도장까지 찍 고선 알비즈로 들어와 목수 일을 하며, 평소 비어 있는 친구들의 별 장을 도맡아 관리해주고 있었다.

"그렇군요. 만나서 반가워요."

여자는 어깨에 두른 숄을 여미며 불청객에게 말했다. 침대에 누 워 있던 남자가 부스럭거렸다. 뤽의 시선이 침대 쪽을 향했다. 여자 는 뤽인지 룩인지 하는 불청객이 빨리 되돌아갔으면, 하는 마음뿐 이었다.

"보다시피 몸이 좋지 않아서요."

"새신랑이 많이 피곤한가 보군요." 뤽은 시선을 거두며 덧붙였 다. "높은 곳에 올라오면 없던 두통도 생기기 마련이죠."

여자는 그제야 뤽이 의사였던 사실이 새삼 떠올랐다.

"괜찮다면 남편을 한번 봐줄 수 있을까요?"

여자는 뤽에게 정중히 부탁했다.

"견인차를 불러드리는 거라면 모를까 도움이 될지 모르겠군요.

그리고 이거…….” 뤽은 겨드랑이에 끼고 있던 샴페인을 여자에게 건넸다. “알비즈를 찾아준 두 사람에게 드리는 선물입니다.”

“고마워요.”

여자는 뤽의 선물을 받았다. 온종일 느낀 불안이 조금은 누그러지는 듯했다. 여자는 탁자 위에 샴페인을 올려놓고 침대 쪽으로 뤽을 안내했다.

“다쳤었나봐요?”

“네?”

뤽은 무심히 여자의 오른손에 도드라진 흉터를 가리켰다.

“아, 별거 아니에요.”

여자는 왼손으로 오른손을 감쌌다.

“뭐든 아물고 나면 그렇긴 하죠.”

뤽은 침대 옆에 의자를 끌어놓고 앉았다.

“그럼 어디 한번 볼까요.”

벌겋게 달아오른 남자의 얼굴은 퉁퉁 부어 있었고, 몸에는 불긋한 반점이 군데군데 피어 있었다.

“언제부터 그런 거죠?”

“아마 지난주 주말부터였던 것 같아요.”

뤽은 남자의 얼굴부터 턱 아래까지 이어진 뾰루지를 유심히 들여다본 뒤 자신의 집에 있는 항생제를 처방해주겠다고 말했다.

“괜찮아질까요?”

"그럼요. 금방 가라앉을 겁니다."

그 말을 듣자 여자는 어쩐지 안심이 되는 듯했다.

*

결혼식 날 아침, 남자는 면도를 하다 베었다며 밴드 조각을 코밑에 붙인 채 웨딩숍에 나타났다.

"조심하지 그랬어요."

여자는 남자의 얼굴을 쓰다듬었다.

거울 앞에 선 남자는 조심스럽게 밴드를 떼어내며 별거 아니라며 여자를 안심시켰다. 살짝 벤 상처 끝에 앙증맞은 뾰루지 하나가 돋아 있었다. 웨딩숍 직원은 남자의 얼굴을 파운데이션으로 덮어주었다.

여자는 단장을 끝낸 남자가 메이크업 중인 자기 곁으로 다가오는 모습을 보았다. 깔끔하게 손질된 머리와 턱시도는 근사했고, 반듯한 어깨는 자신감이 넘쳐 보였다. 여자는 남자의 손을 맞잡았다. 이제 우리는 부부가 되는 거야. 여자의 마음은 분홍빛으로 물드는 것 같았다.

남자는 여자의 손등에 짧게 키스했다. 여자의 입가엔 미소가 번졌다.

여자의 손은 남들과 조금 다른 모양이었다. 대학 입학을 앞두고 프랜차이즈 매장에서 아르바이트를 하던 중 팔팔 끓는 식용유에 손을 데고 만 것이다. 응급처치를 하긴 했지만 화상은 피부이식을 해야 할 정도로 심각한 수준이었다. 의사는 다행히 수술이 성공적이라고 말했다. 여자는 붕대를 푼 자기의 손을 보는 게 두려웠다. 의사의 말과는 달리 피부이식을 한 가장자리에는 크고 작은 물집이 잡혀 있었고 진물이 흘러내렸다. 시간이 지나면 차츰 나아질 거라 했던가. 하지만 그녀는 사람들이 자신의 손을 보고 피한다는 걸 느낄 수 있었다. 심지어 지하철에서 만난 한 엄마는 자기 아이의 두 눈을 손으로 가렸다. 그날 이후 여자는 습관처럼 호주머니에 손을 넣고 다녔다.

여자는 두세 번 연애를 해보긴 했지만 만남은 오래가지 않았다. 상대는 여자의 모든 걸 포용해주고 상처를 덮어줄 것 같다가도 매번 비슷하면서도 다른 이유를 대며 여자에게서 떠나갔다. 여자는 자신의 손 때문에 상대가 떠난다고 생각했다. 그래서 특별한 경우가 아니면 좀체 호주머니에서 손을 빼지 않았고, 한여름에도 장갑을 끼고 다녔다. 적어도 남자를 만나기 전까진 그랬다.

여자보다 사 년 늦게 부임해온 남자는 서글서글한 눈매에 호리호리한 체구를 가지고 있는, 어찌 보면 평범하기 이를 데 없는 사람이었다. 만약 창가에 프리지어가 만개한 화병이 놓인 동네 카페에서 남자와 우연히 마주치지 않았다면 그저 그런 직장 동료로 지내다가 서로 다른 학교로 전근을 갔을지도.

그날따라 카페의 조명은 너무나 아름다워 보였다. 향초도 많고 카페 내부의 계단도 예뻤다. 파란색 줄무늬 트레이닝복 차림에 노란색 슬리퍼를 신은 남자가 카페로 들어오는 순간 여자는 자기도 모르게 피식 웃음이 터져 나왔다. 남자가 사는 곳은 여자의 집에서부터 걸어서 오 분도 안 되는 거리였다. 동갑내기인 두 사람은 스무해 넘게 한 동네에 살면서 마주친 적 없다는 사실에 놀랐고, 서로가 같은 대학에 다녔다는 사실에 또 한 번 놀랐다. 커피를 몇 모금만 마신 것 같은데 서너 시간이 훌쩍 지나 있었다.

"더 이상 부끄러워하지 말아요."

두 번째 만나던 날 남자는 여자의 장갑을 벗겼다. 그날 이후 서로의 호칭은 '선생님'에서 '―씨'로 바뀌었다. 여자는 그게 싫지 않았지만 남자 또한 다른 이들처럼 떠날까봐 불안했다. 하지만 한 달, 두 달이 지나도 남자는 여자 곁을 떠나지 않았다. 그러던 어느 화창한 주말 오후, 여자는 남자와 함께 집 근처 공원을 거닐었다.

"나는 우리가 대화를 나누지 않는 동안에도 연이 씨의 목소리를 듣고 있었어요."

남자의 말에는 맥락이 없었다. 나뭇잎들이 부대꼈고, 바람이 불었다. 남자가 무슨 말을 더 해주길 기다렸다.

호숫가에 이르렀을 때 남자는 다이어리를 여자에게 내밀었다. 연수원에서나 나눠줄 법한 특색 없는 다이어리. 거기엔 당신의 별에 나를 초대해주세요, 와 같은 유치한 글귀가 가득 적혀 있었다. 여자는 풋, 하고 웃음을 터뜨렸다. 그러자 남자는 두서없는 말들을 쏟아냈고, 결국엔 두 사람 사이에 어색한 침묵이 감돌았다. 여자는 자기도 모르게 호주머니에 손을 넣었다. 잔물결이 이는 수면 위에 햇살이 반짝거렸다. 남자의 어깨 너머로 나뭇잎들이 소란스럽게 흔들거렸다.

"나는 상처 없는 사람은 신뢰하지 않아요."

남자는 여자가 무얼 걱정하는지 안다는 듯 여자의 손을 잡았다. 그러고는 묵묵한 눈길로 여자를 바라보았다.

"보다시피 난 좀 그런데도요."

"그런 건 중요하지 않아요."

그날 오후 작은 새들이 얼마나 쉴 새 없이 지저귀던지.

두 사람은 첫 키스를 하고 얼마 지나지 않아 결혼을 약속했다. 정작 결혼을 하겠다고 주위에 밝혔을 때 여자의 부모는 극구 반대했다. 너무 성급한 결정이란 것도 그렇거니와 무엇보다 남자의 성장 환경을 탐탁지 않게 여겼던 것이다. 남자의 부친은 십여 년 전 파산했고, 모친은 외도로 인해 소식조차 알 수 없었다.

그래서 어떻다는 거지.

"그런 건 중요하지 않다니까요."

여자는 부모의 걱정을 단호하게 잘랐다.

남자의 손은 서너 개쯤 되는 듯했다. 신혼집을 마련하는 것부터 신혼여행까지 모든 건 남자가 도맡아 준비했다. 남자는 바쁜 일정에도 불구하고 피곤한 기색 한 번 내비치지 않았다. 여자는 그런 남자가 고마우면서도 한편으론 안쓰러웠다.

오늘 밤 당신을 꼭 안아줘야지.

여자는 남자의 팔짱을 낀 채 주례사를 들으며 자기도 모르게 얼굴을 붉혔다.

이스탄불을 경유해 리옹에 도착했을 때 남자의 얼굴엔 서너 개의 뾰루지가 더 돋아 있었다. 그중 하나는 아주 작은 빨간 점에 지나지 않는 수준이었고, 나머지 것들은 깨알만 한 크기였다. 여자는 연고라도 사서 발라야 하지 않느냐며 걱정했지만 남자는 그다지 신경 쓰지 않았다.

공항까지 마중 나온 시몽은 남자와 인사를 나눈 뒤 여자에게 꽃을 건넸다. 시몽은 그을린 듯한 구릿빛 피부를 가진 라틴계 남성이었는데 대학시절 교환학생으로 서울을 방문했을 때부터 남자와 각별해진 사이라고 했다. 시몽은 시내에 레스토랑을 예약해두었다며 곧장 그곳으로 젊은 부부를 이끌었다. 두 사람은 시몽이 추천해준 타르타르소스로 양념한 소 내장 튀김과 소시지와 비슷하게 생긴 앙두예뜨를 주문했다. 그 음식들은 여자에게 너무나 생소해 입맛에 맞지 않았다. 게다가 오랜 비행으로 속조차 편치 않았다.

"별장을 빌려줘서 고마워."

남자는 시몽에게 별장에서 사흘간 머문 뒤 니스로 이동할 계획이라고 알려주었다.

"아주 멋진 일정이야." 시몽은 다음 날 아침 별장까지 자신이 직접 안내하겠다고 말하곤 덧붙였다. "너는 내 친구잖아."

어느새 세 병의 와인이 비워졌고, 남자는 여자가 남긴 음식까지 깨끗하게 먹어 치웠다. 지난 시절 추억담을 주고받던 두 남자의 대화는 창밖이 어둑해질 무렵 뒤죽박죽되었다. 그들의 대화 어느 틈에도 여자가 끼어들 자리는 없었다. 여자는 간간이 두 남자와 잔을 부딪치고 와인을 홀짝였다. 남자의 두 볼은 어느새 몰라보게 발그레해졌다. 남자가 과음하는 모습을 본 건 그날이 처음이었다. 다행히 남자에겐 주사가 없었다. 그날 밤 여자는 호텔의 그윽한 조명 아래에서 남자와 입을 맞추었다. 남자의 아랫입술에 돋아 있는 작은 돌기 하나가 혀끝에 느껴졌다.

"입술에도 뭐가 난 것 같아요."

"괜찮아질 거예요."

남자는 대수롭지 않게 말하고는 여자를 껴안고 이내 곯아떨어졌다.

다음 날 아침, 여자는 이마에 남자의 키스를 받으며 잠에서 깨어났다. 전날 마신 와인 때문에 남자의 입술을 시퍼런 빛깔이었다. 하룻밤 사이에 남자의 얼굴은 조금 수척해진 듯했다. 피부도 꽤 거칠었다. 술기운이 남아 있는지 얼굴과 가슴팍엔 울긋불긋한 반점이 피어 있었다. 남자는 아무것도 입지 않은 채 샤워실로 향했다. 반듯한 어깨와 탄력 있는 엉덩이를 보자 별안간 가슴이 두근거렸다.

"그거 알아요?"

남자가 돌아보았다.

여자는 무난하기 이를 데 없는 남자의 호칭이 낯설고도 설레서 밤마다 그의 이름을 속삭여보았던 일을 고백했다. 남자는 침대로 되돌아와서 여자의 귓가에 키스하며 연이 씨, 하고 속삭이고는 덧붙였다.

"나도 그랬어요."

리옹역 앞에서 차를 빌린 젊은 부부는 시몽의 낡은 폭스바겐을 뒤따라 고속도로로 진입했다. 리옹에서 별장이 있는 알비즈까지는 두 시간 남짓 달려야 했다. 그들은 고속도로를 벗어나자마자 생 쟝 드 모히엔느라는 작은 도시에 들러 마트를 찾았다. 남자는 스테이크용 고기와 야채 등 요리에 쓸 식재료를 카트에 담았다. 결혼 전 요리 걱정은 하지 말라던 남자의 말이 떠올랐다.

"여기에서 삼십 분쯤 더 가면 돼." 마트에서 나오며 시몽은 산릉선을 가리키며 말했다. "이제부턴 천천히 따라오라고."

작은 다리를 건너자 길은 점점 좁아졌고, 곧이어 구불구불한 비포장 산길로 접어들었다. 여자는 비탈길 아래로 펼쳐진 작은 도시를 내려다보았다. 옹기종기 붙어 있는 건물들이 이색적이었다. 남자는 처음 달리는 길임에도 불구하고 안정감 있게 운전했다. 몇 차례 커브를 돌자 도시는 수풀에 가려져 더 이상 보이지 않았다. 삼십분은 꽤 긴 시간이었다. 연이어 나타난 커브 길 때문에 여자는 속이 메스꺼웠다. 그러나 막상 높은 봉우리로 둘러싸인 탁 트인 고원에 들어서자 알비즈를 선택하길 잘했다는 생각이 들었다. 알비즈는 휴대폰조차 먹통인 오지였지만 아름다운 풍경은 말할 것도 없고, 나무들은 더할 나위 없이 청량한 공기를 뿜어냈다.

별장으로 이어진 오솔길엔 노란 들꽃이 흐드러지게 피어 있었다. 여자는 별장 입구에 짐을 내려놓고 양껏 숨을 들이마셨다. 별장 맞은편은 빼곡한 침엽수림으로 둘러싸인 아담한 목초지였다. 짙푸른 숲속에서 이따금 댕그랑거리는 소리가 들렸다. 얼마 지나지 않아 목에 방울을 건 소떼가 목초지로 나타나 유유히 풀을 뜯었다. 여자는 난생처음 소를 보기라도 한 듯 아, 하고 탄성을 터뜨렸다.

시몽은 눈 덮인 봉우리를 가리키며 몽블랑에 오르기 전에 반드시 가봐야 할 곳이라고 자랑하고는 알비즈에 대해 소개했다. 별장은 '늙은 알비즈'와 '젊은 알비즈' 두 마을 사이에 위치해 있었는데 그 어떤 편의시설조차 없었다. 그나마 '늙은 알비즈'에 작은 가게가 하나 있긴 했지만 군내 나는 치즈와 빵, 그리고 먼지 쌓인 병맥주만 팔고 있어 필요한 물품들은 그때그때 주문해야 한다고 알려주었다.

"하지만 걱정할 필요 없어. 친구들을 위해 모든 걸 준비해두었으니까."

건너편 통나무집 정원에서 잡초를 깎던 나이든 남자가 시몽을 향해 손을 흔들었다. 시몽은 그에게 달려가 한참 동안 이야기를 나눈 뒤 돌아왔다. 프랑스 사람들은 참 말이 많구나, 여자는 그런 생각을 했다. 그동안 남자에게 말은 안 했지만 사실 여태껏 들어온 시몽의 영어 발음에 약간의 피로감을 느끼기도 했다. 하지만 괜찮았다. 시몽은 곧 리옹으로 돌아갈 것이고, 그때부턴 남자와 단둘이 시간을 보내게 될 터였다.

시몽은 별장 안으로 두 사람을 안내했다. 여러 차례 개조한 흔적이 있는 외관과 달리 실내는 무척 깔끔했고, 사우나 시설까지 구비되어 있었다. 여자는 남자와 팔짱을 낀 채 별장을 둘러본 다음 발코니에 비치된 탁자 앞에 앉았다. 시몽은 지도를 펼쳐놓고 알비즈에서 니스로 가는 산간도로를 알려주었다. 구불구불한 실선을 보자 어지러웠다. 여자는 방향감각이 썩 좋은 편이 아니었다. 그래도 상관없었다. 여자에겐 남자가 있었으니까. 남자는 시몽의 손가락이 짚고 있는 지도 위의 도시들을 메모하면서, 그곳 경치가 굉장하다고 말하는 시몽의 감탄에 맞장구쳤다.

"바흐쏠로네프에서 몇 번 도로로 가는 거지?"

두 남자가 지도 앞에 머리를 맞대고 있을 때였다. 여자가 별안간 비명을 내질렀다. 털이 빳빳하게 선 까만 고양이 한 마리가 여자의 다리에 몸을 비비고 있었다.

"메르진, 저리 가서 놀아."

시몽은 대수롭지 않게 녀석의 배를 발등으로 톡톡 찼다. 녀석은 하품을 하더니 여자의 다리 사이를 가로질러 태연하게 풀밭 속으로 모습을 감췄다.

"여기에서 몇 번 도로로 가는 거야?"

남자는 여자의 등을 손바닥으로 쓸어주고는 시몽에게 다시 한번 물었다. 남자의 시선은 여전히 지도 위에 머물러 있었다. 여자는 남자의 옆얼굴을 바라보았다.

언제 생긴 거지?

남자의 눈두덩엔 두세 개의 뾰루지가 더 늘어나 있었다. 여자의 시선을 의식했는지 남자는 여자의 손을 가볍게 어루만졌다.

시몽은 예정보다 늦게, 그러니까 저녁식사까지 함께 한 뒤에 리옹으로 돌아갔다.

발코니로 나온 여자는 뒤따라온 남자와 짧은 입맞춤을 나눴다. 그날 저녁 남자가 레몬을 먹었던가? 남자의 입에서 시큼한 향이 났다. 나쁘진 않다고 생각했다. 더할 나위 없이 쾌적했고, 별빛이 보석처럼 반짝반짝 빛나는 밤이었다.

샤워를 마친 남자는 침대 옆 간이 화장대 앞에서 로션을 발랐다. 그러고는 덕지덕지 얼룩이 묻어 있는 거울에 얼굴을 돌려 보았다.

"아무래도 약국에 들렀다 올 걸 그랬나봐요."

여자가 말했다.

"시차 탓일 거예요."

"오늘은 아무것도 하지 말고 푹 쉬어요."

그러자 남자는 별안간 여자의 손을 끌어당기더니 입을 맞추었다. 하얀 가운 사이로 남자의 허벅지가 드러났다.

"조금만 기다려요."

여자는 머리카락을 동여맸던 머리끈을 풀고 샤워실로 들어갔다. 난데없이 가슴이 쿵쾅거렸다. 잘못 본 걸지도 몰라. 그래 잘못 봤을 거야. 그렇지만 조금 전 보았던 남자의 허벅지가 자꾸만 떠올랐다. 어느새 나타난 발가벗은 남자가 여자의 등 뒤에 서 있었다. 여자는 짧은 비명을 내질렀다. 자잘한 물방울이 맺혀 있는 거울에 비친 남자의 얼굴은 울퉁불퉁했다.

숲속으로부터 들려오는 투명한 방울소리는 맑다 못해 몽환적이기까지 했다. 다음 날 아침 여자는 남자와 함께 별장 주변을 산책했다. 초록색 목초지에 맺힌 이슬은 햇빛을 머금어 반짝거렸고, 산릉선에선 안개가 무럭무럭 피어올랐다. 산책에서 돌아온 여자는 커피를 내려 발코니에 앉았다. 남자는 아침식사를 준비하기 위해 별장 앞 작은 텃밭에서 바질과 상추를 뜯고 있었다. 여자는 노란 꽃그림이 그려진 커피잔을 돌려보다가 고무장화를 신고 있는 남자를 보았다. 꾸밈없고 소탈한 모습. 문득 동네 카페에서 남자를 처음 만났던 기억이 떠올랐다. 그는 그때나 지금이나 낙천적이었고 근면했다. 남자는 여자를 향해 미소 지었다. 여자는 손을 흔들며 빙긋 웃었다. 그러자 한결 기분이 나아지는 듯했다. 메르진이 발코니 구석에 웅크리고 있는 모습이 보였다. 살찐 몸집에다가 군데군데 털이 뭉쳐 있었다. 다시 봐도 못생긴 녀석이었다.

"메르진, 저리 가서 놀아."

여자는 시몽의 말투를 흉내 내며 녀석의 등을 발끝으로 툭 건드렸다. 그와 동시에 여자는 비명을 내지르며 그 자리에서 뛰어올랐다. 그 바람에 탁자 위에 놓여 있던 커피잔이 바닥에 떨어져 깨졌다. 메르진은 이리저리 날뛰다가 발코니 아래로 폴짝 뛰어내렸다. 발코니 구석에는 갈기갈기 찢어진 들쥐 한 마리가 널브러져 있었다. 허겁지겁 달려온 남자가 여자를 안아주었다. 남자의 몸에서 비릿한 흙냄새 같은 게 났다.

"메르진이 연이 씨를 좋아하나봐요."

남자는 여자를 진정시키고는 들쥐의 사체를 빗자루로 쓸어 담아 목초지에 내던졌다. 하지만 여자가 듣고 싶은 말은 그런 게 아니었다. 환한 아침 햇살 아래에서 보는 남자의 얼굴은 이전과 다름없이 다정해 보였지만 이상하게도 낯설었다.

남자는 냉장고에 넣어둔 스테이크용 고기를 꺼내어 도마 위에 올렸다. 여자는 가볍게 아침식사를 하고 싶다고 했지만 남자는 오래 보관한 고기는 맛이 없다며 붉은 살코기에 칼집을 내고 소금을 뿌렸다. 원래 고집이 셌던가. 결혼하기 전에는 찾아볼 수 없던 모습이었다.

식탁 앞에 마주앉은 남자는 스테이크 조각을 입에 넣고 씹다가 이따금 머리와 등을 긁적였다. 여자는 더 이상 못 본 척 할 수 없었다.

"아무래도 병원에 가보는 게 낫지 않을까요?"

여자는 포크를 식탁 위에 내려놓고선 남자의 몸에 대해 이야기를 꺼냈다.

"별거 아닌 걸요. 이 정도로는 병원에 안 가도 돼요."

그렇게 말하는 남자의 눈동자에서 빛이 났다.

"하지만⋯⋯."

"내 몸은 내가 알아요. 걱정 말아요. 조금 지나면 괜찮아질 거예요."

의아하게도 남자는 아무런 통증을 느끼지 못하는 듯했다. 여자는 남자의 그 말을 믿고 싶었다. 남자는 자기 때문에 일정이 틀어지는 걸 원치 않았고, 여자도 그 사실을 잘 알고 있었다. 그런데 남자가 알고 있다는 것은 무엇일까.

식사를 마친 두 사람은 배낭을 꾸려 '늙은 알비즈'로 향했다. 시몽이 알려준 코스대로 트레킹을 할 예정이었다. 남자는 마을 중앙에 자리한 작은 분수대 옆에 잠시 정차해서 지도를 펼쳐본 뒤 다시 출발했다.

마을을 벗어나서 얼마 되지 않아 오른편에 거대한 애추 사면이 펼쳐졌다. 여자가 처음 보는 풍경에 넋을 놓고 있을 때였다. 별안간 차체가 흔들렸다. 바로 앞에 우유통을 실은 픽업트럭 한 대가 느린 속도로 달리고 있었다. 남자의 표정은 화가 난 사람처럼 딱딱하게 굳어 있었다. 남자는 두 차례 추월을 시도하다가 제자리로 돌아왔다. 트럭은 서서히 속도를 늦추는가 싶더니 방향등도 켜지 않고 왼편으로 방향을 틀었다. 그와 동시에 남자는 경적을 울렸다. 트럭 기사는 미처 몰랐다는 듯 차창 밖으로 손을 흔들었다. 어느새 남자의 귀는 빨개져 있었다.

"천천히 가요."

여자가 작은 목소리로 말했다. 남자는 대답 대신 여자의 손등에 자신의 손을 포갰다.

남자는 노란색으로 페인트칠 한 나무 팻말이 박혀 있는 작은 공터에 차를 멈춰 세웠다.

"여기서 조금만 걸어가면 시몽이 말한 호수가 있을 거예요."

남자는 느슨하게 풀려 있는 여자의 운동화 끈을 여며준 다음 배낭을 짊어지고 앞장섰다. 뾰족하게 튀어나온 암석들과 키 작은 풀꽃으로 뒤덮인 완만한 오르막길을 따라 이십 분 정도 걷자 듬성듬성 만년설이 보이기 시작했다. 짙푸른 하늘엔 구름 한 점 없고, 그래서인지 만년설은 푸르스름한 빛깔이었다. 남자는 스틱으로 눈을 쿡쿡 찌르며 한여름에도 눈을 볼 수 있는 게 신기하지 않느냐며 감탄했다. 여자는 숨이 벅차 그러네요, 짧게 대답하곤 남자를 뒤따랐다. 남자는 호수까지 걸어가는 내내 쉴 새 없이 이런저런 얘기들을 늘어놓았다. 그런데 예전에도 그렇게 수다스러웠는지.

호숫가에 도착하자마자 남자는 간이의자를 펼치고, 낚싯대를 꺼내어 조립했다. 여자는 남자가 낚시하는 모습을 보며 미리 준비해온 샌드위치를 꺼내어 먹고는 파란 하늘을 올려다보았다. 어디선가 새소리가 들렸고, 이런 곳에도 새가 사는구나, 그런 생각을 하다가 여자는 까무룩 잠이 들었다.

여자가 한기를 느껴 눈을 떴을 때 주위는 희부연했다. 바람은 매서웠고, 머리칼은 축축이 젖어 있었다. 여자는 덜컥 겁이 났다. 남자는 여전히 호수를 바라보며 앉아 있었다. 여자는 남자를 불렀다.

여자는 무슨 힘으로 남자를 부축해 별장까지 되돌아왔는지 다시 생각해봐도 아찔했다. 남자는 괜찮다고 했지만 발조차 제대로 딛지 못했다. 만약 자동차 바퀴가 고랑에 빠지지만 않았다면 병원으로 곧장 내달릴 작정이었다.

별장으로 돌아왔을 때 주위는 이미 잿빛 땅거미가 내려앉은 뒤였다. 여자는 축 늘어진 남자를 침대에 눕히고 벽난로에 불을 지폈다. 그러고는 남자의 젖은 옷과 양말을 벗겼다. 남자는 오한이 나는지 연신 몸을 부들부들 떨었다. 하지만 여자를 경악케 한 것은 따로 있었다. 남자의 몸엔 오돌토돌한 붉은 꽃이 피어 있었고, 발바닥엔 끈적끈적한 피고름이 맺혀 있었다. 어떻게 그 짧은 시간 동안 만신창이가 될 수 있는지. 알비즈로 오기 전 병원에 들르지 않은 게 못내 후회됐다. 마을에 가서 도움을 구하는 게 나을 듯했다. 하지만 남자는 한사코 여자를 말렸다.

"한숨 자고 나면 괜찮아질 거예요." 그러고는 다 죽어가는 목소리로 미안하다는 말을 덧붙였다.

그 말을 믿어도 되는 걸까. 여자는 벽난로 앞 안락의자에 앉아 남자를 지켜보았다. 서글서글했던 눈매는 어느덧 쭈글쭈글해져 있었다. 여자는 불안했다. 이따금 어디선가 방울소리가 들렸다. 온몸이 녹진했고, 묵직한 피로가 엄습했다. 눈이 스르르 감겼다. 얼마나 시간이 흘렀을까. 누군가 문을 쾅쾅 두드렸다. 무슨 꿈을 꾼 것 같기도 한데 흐릿한 잔상만 남아 있을 뿐 기억나지 않았다. 여자는 침대에 누워 있는 남자를 내려다보았다. 남자의 숨소리는 가래 끓는 것처럼 거칠었다. 괜찮아질 거라고 했던가. 꿈에서 남자는 그렇게 말했던 것 같기도 했다. 다시 한번 누군가 문을 두드렸다. 현관 앞에 낯선 남자가 서 있었다. 뤽이였다.

*

뤽은 남자의 쇄골 부위를 눌러보고는 얼굴과 턱 아래를 유심히 살펴보았다. 턱 아래엔 얽은 자국이 보였는데 그 위로 깨알 크기의 뾰루지가 다닥다닥 붙어 있었다.

"심각한가요?"

여자는 뤽에게 물었다.

"너무 걱정할 건 없어요. 낯선 곳을 여행하다보면 흔히 있을 수 있는 일이죠."

뤽은 여자를 다독이며 재작년에 모로코를 여행하다가 식중독에 걸려 곤욕을 치룬 일화를 들려주었다.

"친절한 호텔 주인이 아니었다면 지금쯤 카사블랑카의 유령이 되어 있을지도 모를 일이죠."

뤽의 여행담은 거기서 끝이 아니었다. 카사블랑카에서 라바트를 거쳐 지브롤터 해협을 건너오기까지 설사는 몇 번을 했는지, 그래서 체중은 얼마나 줄었는지 주절주절 늘어놓았다. 여자는 피로감을 느끼면서도 뤽의 여담에 약간의 안도감을 되찾을 수 있었다.

"이런 내 정신 좀 봐."

뤽은 항생제를 가져다주겠다면 자신의 통나무집으로 되돌아갔다.

그사이 남자는 코까지 골았는데, 깊은 잠에 빠져든 듯 보였다. 진작 약국에 들렀다면 금방 괜찮아졌을 텐데. 여자는 남자를 책망하다가 미간을 찌푸렸다. 남자의 귓바퀴에 들러붙어 있는 분홍빛깔 알갱이들이 눈에 띄었다. 그것들은 곤충의 알처럼 귓속까지 촘촘히 이어져 있었다. 안 보려고 고개를 돌렸지만 이상하게도 자꾸 눈길이 가닿았다.

오 분도 채 지나지 않아 뤽은 항생제를 가지고 돌아왔다. 여자는 뤽을 도와 남자에게 약을 먹였다. 남자는 곧장 다시 잠들었다.

"아침식사 후에 또 한 번 먹여요. 금방 가라앉을 겁니다."

뤽은 여자에게 남은 항생제를 건네며 대수롭지 않게 말했다.

"그래도 안심이 안 된다면 병원에 가보고요. 모히엔느까지는 삼십 분 정도 걸릴 거예요. 막쉐 광장 옆 에꼴르 가에 병원이 있어요. 도시가 작아서 찾긴 쉬울 거예요. 혹시 못 찾겠거든 전화하고요."

뤽은 메모지에 자신의 휴대전화 번호를 적어서 여자에게 건넸다.

"고마워요."

"참! 나이가 들면 이렇다니까." 뤽은 손가락으로 자신의 이마를 톡톡 두드렸다. "그보다 앞서 차부터 수리해야겠군요."

그는 다음 날 새벽 공구를 사러 그르노블로 가는 길에 견인차를 불러 주겠다고 약속했다. 그로 인해 여자는 여러모로 걱정을 덜 수 있었다. 뤽은 양동이에 담겨 있는 장작 하나를 벽난로에 집어넣었다.

"이런 곳을 여행하려면 준비할 게 한두 가지가 아니죠."

뤽의 말은 사실이기도 했다. 여름이긴 해도 알비즈의 밤공기는 꽤 쌀쌀했다. 서울을 떠나기 전만 하더라도 남자와 함께 알프스를 여행한다는 사실만으로 마냥 설렜는데 막상 와서 보니 이만저만 불편한 게 아니었다. 인터넷이나 휴대폰은 먹통이라고 쳐도 난방조차 구닥다리일 줄이야. 게다가 남자마저 침대 신세라니. 그나마 뤽 같은 사람이 있어서 얼마나 다행인가. 뤽은 말수가 많긴 했지만 유쾌하고 친절한 사람이었다. 그리고 무엇보다 그가 의사였다는 사실이 여자의 마음을 놓이게 했다.

"그나마 겨울엔 좀 나아요. 스키어들이 몰려드니까 마을도 활기를 띠는 편이죠."

뤽은 모처럼 말동무를 만난 듯 쉴 새 없이 떠들었다.

"괜찮겠죠?"

여자는 그래도 안심이 되지 않아 침대 쪽을 돌아보며 다시 한번 뤽에게 물었다.

"대개는 치료하지 않아도 나아요. 항생제 한두 알이면 충분하죠.

내일 오후쯤 되면 감쪽같을 겁니다."

뤽의 말은 어딘지 모르게 신뢰가 갔다. 벽난로에서는 불길이 거세게 타올랐다.

항생제는 확실히 효력이 있는 듯했다. 그날 새벽 남자의 상태는 확실히 호전되어 보였다. 하지만 날이 새자마자 여자는 뤽의 집 현관문을 두드려야만 했다.

뤽은 집 안 어디에도 없었다. 일 층 작업실에는 작업을 하다 만 책장이 세워져 있었고, 톱밥이 수북하게 쌓인 선반 위에는 대패와 톱 따위의 연장이 널브러져 있었다. 어디선가 으르렁거리는 소리가 들렸다. 선반 아래에서 메르진이 꼬리를 세운 채 여자를 노려보고 있었다. 금방이라도 덤벼들 기세였다. 여자는 주춤주춤 작업실에서 빠져나왔다. 뤽이 이미 그르노블로 떠났다는 사실은 그로부터 한 시간쯤 후에 나타난 견인차 기사를 만나고 나서야 알게 되었다.

"뤽에게 연락을 받았어요."

견인차 기사는 다홍색 곱슬머리가 인상적인 여성이었는데 체격이 꽤나 다부져 보였다. 여자는 차에 체인을 걸고 있는 기사에게 남자를 병원까지 데려다줄 수 있느냐고 부탁했다. 하지만 그녀는 그건 자신의 일이 아니라며 도리어 볼멘소리를 냈다. 여자는 하는 수 없이 견인차 조수석에 앉아 생 장 드 모히엔느 외곽에 위치한 카센터까지 함께 내려갔다. 자동차를 수리하는 동안 여자는 시몽에게 전화를 걸었다. 시몽은 남자의 상태를 염려했지만 일 때문에 알비즈로 올 수 없다며, 대신 뤽에게 도움을 청해보라고 했다. 뤽은 네 차례 통화를 시도한 끝에 전화를 받았다.

"뭔가 잘못된 것 같아요."

"약 성분이 흡수되면 금방 가라앉을 거예요."

남자의 몸 구석구석에 뾰루지가 번져 있고, 농양으로 가득 찬 눈은 빛을 잃고 연신 누런 진물이 흘러내리고 있다고 말해도 뤽은 같은 대답만 반복했다.

"그럴 리가요. 그 정도면 약만 먹어도 괜찮아져요. 시간이 지나면 나아질 거예요."

점심 무렵 자동차는 말끔해진 모습으로 출고되었다. 정비공은 여자에게 차키를 건네며 행운을 빌었다. 여자는 운전석에 앉아 우두커니 먼 산릉선을 바라보았다. 아침에 보았던 남자의 모습이 자꾸만 눈앞에 아른거렸다. 하얀 침대 시트 위에는 작은 애벌레가 눌린 것처럼 생긴 고름이 짓이겨져 있었다. 빨갛게 달아오른 남자의 가슴과 복부에는 농양이 그득했고, 농양이 뭉개진 겨드랑이와 목덜미에선 고름이 느적느적 흘러내렸다. 쇄골과 어깨에는 새롭게 돋아난 연분홍색 알갱이들이 다닥다닥 진을 치고 있었다. 자잘한 뾰루지는 잇몸과 눈동자에까지 번져 있었다. 그걸 보는 것도 끔찍했지만 여자를 보다 힘들게 한 건 퀴퀴한 악취였다. 여자가 보기에 남자의 몸은 구석구석 썩어가는 중이었다.

그런데도 고작 한두 정의 알약으로 회복될 거라 바라고 있었다니.

여자는 고불고불한 산길을 거슬러 올라갔다. 남자를 데리고 곧장 병원으로 갈 작정이었다.

그렇지만 별장 입구에 다다랐을 때 여자는 차마 발걸음이 떨어지지 않았다. 저 멀리 고양이 머리를 닮은 봉우리는 구름에 뒤덮여 있었다. 여자는 차창을 내리고 시동을 껐다. 숲속에서 선선한 바람이 불어왔고, 이따금 방울소리가 울렸다. 별장으로 이어진 오솔길 가장자리에선 메르진이 노란 꽃잎을 물어뜯고 있었다. 저 멀리 남자가 발코니로 나오는 모습이 보였다. 남자는 기지개를 켜더니 머리칼 속에 손을 파묻곤 긁적였다. 흐물흐물한 두피에서 피고름이 흘러내리는 게 보이는 듯했다. 그 순간 여자의 가슴 속에선 무언가 사그라지는 기분이 들었다. 흉물스럽게 생긴 검은 형체가 차를 향해 어슬렁어슬렁 다가오고 있었다. 여자는 서둘러 시동을 걸었다. 남자는 여자가 있는 쪽을 향해 손을 흔들었다. 예전과 다름없는 다정한 미소를 띤 채. 하지만 남자를 마주할 용기가 나지 않았다. 여자는 핸들을 돌렸다. 그러고는 왔던 길을 되돌아 내려갔다.

여자는 한갓진 병원 주차장에 차를 멈춰 세우고 남자를 생각했다. 발코니에 있던 남자의 모습은 언제 그랬냐는 듯 말끔해 보였다. 그래 보였다. 그렇게 보인다는 사실이 여자를 두렵게 했다. 가까이에서 보지 않아도 알 수 있었다. 그의 몸에 덕지덕지 붙어 있던 종기들이 곪다 못해 새까맣게 썩어가고 있을 게 틀림없었다. 그게 어째서 별 일 아니라는 건지.

구급차 한 대가 주차장을 가로질러 오른편 건물 앞에 멈췄다. 여자는 구급차에서 들것에 실려 나오는 한 남자를 보았다. 하얗게 불어 튼 입술로 알아들을 수 없는 말을 지껄이고 있었는데 외상이 보이지 않아 어디가 아픈지 알 수 없었다. 여자는 얼굴에 들러붙은 머리를 쓸어 올렸다. 턱에 작은 뾰루지 하나가 만져졌다. 그러고 보니 며칠 동안 마음 편히 잔 적이 없었다. 잠시만이라도 눈을 붙일 수 있다면.

괜찮아질 거예요.

여자는 남자의 그 말을 믿고 싶었다.

"필요하다면 구급차를 보내드릴 수 있어요." 젊은 의사는 여자의 이야기를 듣고선 상냥한 어조로 말했다.

"그보다 서둘러 접수부터 해야 할 것 같군요."

그러고는 여자를 접수창구로 안내했다. 접수를 마친 여자는 그제야 마음이 조금 놓이는 듯했다.

"그런데 언제부터 그렇게 된 거죠?"

젊은 의사는 여자와 함께 진료실로 가는 길에 물었다. 의료진들이 들것에 실려 온 남자를 데리고 수술실로 들어가는 모습이 보였다. 남자의 눈자위는 이미 풀린 상태였다.

"지난 주말부터요. 지난 주말부터 그랬던 것 같아요."

여자는 기억을 더듬으며 대답하다가 무심코 오돌토돌한 유리벽에 시선이 가닿았다.

"이게 뭐죠?"

여자는 유리벽에 비친 얼룩덜룩한 얼굴을 멍하니 바라보았다. 그러고는 유리벽을 만지다가 화들짝 놀라 손을 뗐다. 유리벽은 매끈했다. 여자는 자신의 눈을 의심했다. 손등엔 깨알 같은 연분홍색 뾰루지가 다닥다닥 붙어 있었다. 의사는 진료실 문을 열고 여자를 기다렸다.

"한번 볼까요?"

의사는 여자에게 손을 내밀었다.

"이건 별거 아니에요."

여자는 얼른 손을 호주머니에 집어넣었다. 그러자 의사는 진료카드를 덮고선 뭘 원하는지 알겠다는 표정으로 고개를 끄덕였다.

"맞아요. 사실 그건 별 게 아니에요. 약을 먹으면 금방 낫긴 하죠."

그 말을 듣자 여자는 어찌나 안심이 되든지.

어디선가 방울소리가 늘리는 듯했다. 어쩌면 남자는 니스로 떠날 채비를 마쳤는지도 몰랐다. 그러자 까닭모를 조바심이 일었다. 여자는 서둘러 병원을 빠져나왔다. 마트에 들러 장갑부터 사야 할 성싶었다.

멕시코 해변에 내린 첫눈

ESCAPE 두 번째 시리즈 〈더 빌딩〉에서 버그가 발견된 것은 크리스마스를 이틀 앞둔 오후였다. 캐릭터 중 한 녀석이 말썽이었다. 녀석의 이름은 '이안'이었다. 이안은 아이템을 획득하는 순간 알고리즘에서 벗어난 행동을 일삼았다. 일테면 깜깜한 건물 안에서 손전등 아이템을 주웠을 때 탈출을 위한 캐릭터의 움직임은 보다 빨라져야 했는데 어찌된 영문인지 이안은 제자리만 맴돌았다. 개연성은 게임 상품 가치와 직결되는 문제였다. 출시를 얼마 앞두지 않은 시점이라 팀 전체에 비상이 걸렸다. 재이는 컴퓨터 앞에서 밤을 꼬박 새웠다. 그래픽 데이터에는 문제가 없었다. 재이는 해가 뜰 무렵 메인 프로그램에서 하나의 오류를 찾아냈다. 그건 고작 한 줄의 코드였다. 재이는 즉시 코드를 수정했다. 그러자 손전등을 주운 이안은 봉쇄된 건물을 벗어나기 위해 분주히 움직였다. 일단 급한 불은 끈 셈이었다. 그런데 문제는 그게 전부가 아니었다.

이안은 출구를 찾기는커녕 텅 빈 사무실로 들어가더니 책상 아래 놓여 있는 작은 나무 서랍 앞에 멈춰 서서 손전등으로 주위를 비추었다. 그러고는 서랍을 열고, 그 속으로 숨어들었다. 재이는 어처구니없어 피식 웃음이 났다. 아무리 게임이라지만 그건 너무나도 비현실적인 행동이었다. 무엇보다 서랍의 크기가 이안이 들어가기엔 너무 작았다. 만약 서랍이 코끼리라도 들어갈 수 있을 만큼 컸다면 이안의 기행을 그럭저럭 눈감아줬을지도 모른다. 재이는 이안의 캐릭터 제원을 확인했다.

신장 176cm, 체중 59kg/중…….

팀원 중 누군가 장난친 거라면 모를까 이안의 덩치로 그 작은 서랍 속으로 들어간다는 건 불가능한 일이었다. 한데 서랍의 제원을 확인하고자 했을 때 재이는 또 다른 벽과 맞닥뜨렸다. 서랍은 78,000여 종의 아이템 목록에 없는, 그러니까 단순한 배경에 지나지 않는 그래픽이었다. 재이는 그래픽 디자이너를 호출했다.

이게 뭐죠?

그래픽 디자이너는 프로젝터에서 구현된 홀로그램 영상을 유심히 들여다보곤 고개를 갸웃거리며 물었다.

여기 배경, 직접 디자인한 거 아니에요?

재이가 그래픽 디자이너를 돌아보며 되물었다.

그렇긴 한데, 이런 건 처음 보는 걸요. 이런 조악한 물건이 왜 여기 있어야 하는 거죠?

그건 재이가 그에게 묻고 싶은 말이었다. 두 사람은 그래픽 데이터를 점검했다. 하지만 그 어디에서도 서랍과 관련된 데이터를 찾을 수 없었다.

팀장은 비상회의를 소집했다. 내부 전산망에는 해킹의 흔적이 없었다.

캐릭터가 어떻게 제 발로 서랍 속으로 들어갈 수 있습니까?

팀장은 발끈했다. 팀원들은 서로의 눈치만 살폈다. 메인 프로그램을 설계한 재이는 얼굴이 화끈거렸다.

확대해보세요.

팀장이 서랍을 가리켰다. 서랍의 텍스처 매핑 기법은 다른 사물 그래픽에 비해 확연히 도드라져 보였다. 서랍의 손잡이 부분은 손을 타 반질반질했고, 모서리는 닳아서 허연 빛깔을 띠었다.

여기 손잡이 부분, 해상도 좀 높여보죠.

팀장이 재이에게 말했다. 재이는 손잡이 부분을 드래그해서 해상도를 조절했다. 서랍의 손잡이는 손가락 두 마디 정도가 들어갈 크기의 고리 모양이었는데 단순한 그래픽 이미지에 불과했다.

뭘 하는 걸까요?

팀장은 볼펜 꼭지로 이마를 콕콕 두드리며 심드렁하게 물었다. 팀원들의 시선이 일제히 팀장에게 향했다. 팀장은 볼펜 꼭지로 화면을 가리켰다. 녀석 말이에요, 저 안에서 뭘 하는 거죠? 궁금하지 않아요? 팀원들은 가만가만 고개를 끄덕였다. 다들 시간 없는 거 알죠? 그럼, 해결. 무조건 해결하세요. 가용 수단, 방법, 뭐든 다 동원해서 녀석을 데리고 오세요.

거듭 확인해봐도 그래픽 데이터에는 문제가 없었다. 메인 프로그램 역시 마찬가지였다. 재이는 손가락으로 관자놀이를 꾹꾹 눌렀다. 이안의 생뚱맞은 행동을 좀체 이해할 수 없었다. 재이가 기억하기로 이안의 제원은 캐릭터 프로그램을 담당했던 미파의 폴더에서 빌려온 것이다. 벌써 일 년도 더 된 일이었다. ESCAPE 첫 번째 시리즈인 〈더 프리즌〉이 출시되기 전, 미파는 이미 두 번째 시리즈 캐릭터 작업에 착수한 상태였다. 미파는 매사 신중한 타입이었고 일처리도 깔끔했다. 재이는 망설인 끝에 미파가 작업했던 캐릭터 프로그램을 열어보았지만 역시나 그 어떤 결함조차 발견되지 않았다.

〈더 빌딩〉은 1944년 런던을 배경으로 한 게임이었는데 공습으로 봉쇄된 건물을 탈출하는 게 주된 스토리였다. 아득바득 탈출을 시도해도 살아남을지 모르는 판에 서랍 속으로 숨어드는 녀석이라니. 재이는 한숨을 푹 내쉬었다.

이안의 행동은 게임 스토리의 맥락과 전혀 맞지 않았다. 알고리즘의 생명은 단연코 핍진성에 있었다. 당연한 얘기겠지만 캐릭터가 규칙을 위반하고 제멋대로 굴어선 곤란했다. 그건 곧 사용자의 외면을 초래하는 일이었다. 어떻게든 서랍을 열어 이안을 게임 속으로 복귀시켜야 했다.

재이는 게임 시뮬레이션을 재부팅했다. 캐릭터마다 가상의 사용자를 설정하고, 시뮬레이션을 실행시켰다. 캐릭터들은 봉쇄된 건물을 탈출하기 위해 제각각 아이템을 수집했다. 재이는 모니터와 시뮬레이션 영상을 번갈아 보며 이안의 알고리즘을 분석했다. 이전과 마찬가지로 시작은 순조로웠다. 재이는 이안 앞에 소화기 아이템을 던져준 다음 모니터에 나타난 이안의 알고리즘 진행 과정을 꼼꼼히 살펴보았다. 소화기는 이안의 행동 패턴을 관찰하기에 유용한 아이템 중 하나였다. 78,000여 종의 아이템은 캐릭터들이 건물 내에서 손쉽게 구할 수 있는 것들로, 그 기능을 다방면으로 확장해둔 터였다. 다시 말해 각각의 아이템은 사용자가 상황에 맞게 주관적으로 판단해 사용할 수 있다는 얘기였다. 소화기를 집어든 이안이 불이 나지 않는 상황에서 무턱대고 소화액을 뿌려대지는 않을 것이다. 일반적이라면 이안은 소화기를 이용해 문손잡이를 부순다거나 유리창을 깨서 탈출을 시도할 수도 있을 것이다. 재이는 다 식은 커피를 홀짝이며 이안의 행동을 면밀히 관찰했다.

소화기를 발견한 이안은 멈칫거렸다. 이안은 맹랑하게도 무언가를 곰곰이 궁리하듯 한 손에 턱을 받친 채 소화기를 내려다보았다. 재이는 모니터에 나타난 이안의 알고리즘을 확인했다. 아직까진 정상이었다. 잠시 후 이안은 소화기를 들고 유리창으로 다가갔다. 그러고는 소화기를 이용해 유리창을 박살냈다. 거기까지는 충분히 예상할 수 있는 행동이었다. 이제 이안은 창틀을 뛰어넘어 그곳을 빠져나가야 했다. 그러나 이안의 행동은 예상을 슬슬 빗나가기 시작했다. 이안은 소화기를 내려놓더니 건물 구석으로 가서 빗자루와 쓰레받기를 들고 되돌아왔다. 그것들은 아이템이므로 캐릭터가 취득해도 문제될 건 없었다. 이안은 입술을 뾰족 내밀며 태연하게 깨진 유리 조각을 쓸어 담았다. 재이는 이안의 입모양을 유심히 보았다. 휘파람을 부는 것 같았다. 재이는 사운드 볼륨을 높인 다음 서브모니터에 사운드 데이터를 띄웠다. 이안의 입에서 새어 나오는 가느다란 휘파람 소리가 또렷하게 들렸다. 그런데 이안의 휘파람은 사운드 데이터를 겉돌았다. 이안의 돌발행동은 거기서 끝이 아니었다. 이안은 빗자루로 쓸어 모은 유리 조각들을 서랍 주변에 흩뿌리기 시작했다.

뭘 하려는 거야?

모니터에는 이안의 알고리즘이 빠른 속도로 출력됐다. 재이는 어느 지점에 칼날을 들이대야 할지 난감했다. 이안은 자신의 서랍 주변에 장애물을 설치하는 중이었다. 다급해진 재이는 이안의 행동을 제지하기 위해 명령 코드를 입력했다. 이안은 말을 듣지 않았다. 재이는 하는 수 없이 시뮬레이션을 정지시켰다. 그러나 이안은 이미 서랍 속으로 홀연히 사라진 뒤였다. 어이없는 노릇이었다. 재이는 이안의 기행에 묘한 오기가 발동했다.

한번 해보자는 거지?

재이는 〈더 빌딩〉의 프로그램을 열었다. 그 게임은 ESCAPE 첫 번째 시리즈인 〈더 프리즌〉과 동일한 알고리즘으로 제작된 게임이었다. 즉 캐릭터와 공간 구조는 다르지만 작동원리는 동일했다. 재이는 이안의 알고리즘을 〈더 프리즌〉에 대입시켜 볼 요량이었다. 〈더 프리즌〉의 소스 코드 곳곳엔 미파의 흔적이 묻어 있었다. 만약 당시에 미파가 없었다면 어떻게 되었을까? 모르긴 해도 그 보다 더 완벽한 〈더 프리즌〉은 탄생되기 힘들었을 것이다.

〈더 프리즌〉 개발을 앞두고 있을 즈음, 재이는 암담한 기분에 사로잡혀 있었다. 햇살이 싱그러운 어느 아침이었다.

재미난 걸 만들었는데 한번 볼래?

모니터에 말풍선이 떠올랐다. 미파였다. 하지만 재이는 시큰둥했다. 게임 스토리의 모티브가 된 스티븐 킹의 소설 「리타 헤이워드와 쇼생크 탈출」만큼 재미있고 탄탄한 스토리를 가진 게임을 만들 수 있을지 자신이 없었기 때문이다.

문제 있어?

미파가 물었다.

재이는 유리벽 너머에 앉아 있는 미파의 옆모습을 보았다. 미파는 햇살이 비껴 들어온 자리에 앉아 입으로 손거스러미를 물어뜯고 있었다. 그건 좋지 않은 습관이었다. 입에 벌레 문어, 라고 한마디 해주고 싶었다. 그런 재이의 시선을 의식했는지 미파는 밉지 않게 입술을 삐죽 내밀었다. 유사한 게임도 넘쳐나는 마당에 하필 쇼생크 탈출이라니, 재이는 푸념 섞인 답글을 적어 전송했다. 미파는 책상 위에 올려둔 캔 콜라를 한 모금 마시곤 미간을 살짝 찌푸렸다. 탄산이 거의 다 날아가버렸을 콜라. 미파는 탄산의 톡 쏘는 맛을 유독 싫어했다. 그럼에도 불구하고 음료의 단맛만은 즐겼다. 걱정 마, 하며 미파는 파일을 보내왔다. 이야기는 애들 스스로 만들어갈 거야. 미파는 또 한 번 콜라를 한 모금 마시고는 손가락으로 콧등을 지그시 누르며 재이에게 윙크했다. 마치 콜라가 톡 쏜다는 듯한 표정이었다. 재이는 피식 웃어 보였다.

미파가 보낸 파일에는 원작에서 뽑아낸 메인 캐릭터를 비롯해 새롭게 생성한 수백여 종의 캐릭터 데이터가 들어 있었다. 결과부터 말하자면 미파의 의도는 적중했다.

미파는 캐릭터가 가져야 할 고유한 성질을 제거해 불확실한 상태의 데이터를 만들었다. 그러니까 기존의 게임과는 달리 캐릭터를 상수가 아닌 변수로 둔 전략이었다. 어찌 보면 미파가 프로그래밍한 캐릭터들은 젖먹이 아기와 비슷했다. 이는 각기 다른 조건과 환경에 처한 캐릭터가 다양한 변수들을 수렴할 때 발생할 수 있는 스토리의 확장가능성을 열어두기 위한 장치였다. 이러한 시도는 캐릭터를 보다 능동적인 주체로 만들어주었다. 사용자들은 협력 또는 배신을 통해 자기만의 독특한 탈출 이야기를 얼마든지 만들어낼 수 있었다. 게다가 생동감 넘치는 캐릭터 모션은 이전의 어느 게임보다 사용자의 몰입을 증대시켰다. 게임은 그 특수성을 감안해 영화나 소설에서처럼 결말이 정해져 있으면 곤란했다. 게임의 사용자는 관객이나 독자와 달리 자발적인 참여자였다. 그래서 사용자가 만들어낸 이야기 구조는 설사 게임을 개발한 프로그래머라고 해도 예측

하긴 힘들었다. 사용자는 게임 속 교도소를 탈출하기 위해 기꺼이 지갑을 열었다. 특히 〈더 프리즌〉은 사후관리 단계 이후 단 한 차례도 심각한 버그가 발견된 적이 없어 업계에서도 완벽한 성공 사례로 회자되곤 했다. 그러나 미파는 이러한 자신의 성과를 끝내 볼 수 없었다.

창밖엔 눈이 날리고 있었다. 첫눈이었다. 비둘기 두 마리가 처마 아래에 앉아 꾹꾹대며 회색 거리를 내려다보고 있었다.

첫눈이 내리는 날 함께 눈길을 걷기로 했었는데.

너무나도 갑작스러운 이별이었다. 미파는 병원에서 진단을 받은 지 불과 한 달 만에, 세상을 떠났다.

재이는 마른세수를 했다. 머리가 묵직했다. 재이는 손목시계를 풀고 〈더 프리즌〉을 구동시켰다. 게임 시뮬레이션은 예전과 다를 바 없이 매끄러웠다. '앤디 듀프레인'을 비롯한 동급의 메인 캐릭터에는 육체지수, 정신지수, 협업지수 등을 적절하게 배분해 만든 미파의 솜씨가 고스란히 녹아 있었다.

이상한 녀석을 데리고 왔어, 부탁할게.

재이는 이안의 알고리즘을 도려내 앤드 듀프레인 캐릭터에 대입시켰다. 유사한 게임 프로그램에서 다른 껍데기를 뒤집어쓴 녀석의 반응을 살펴볼 계획이었다.

교도소에 갇힌 녀석은 영락없이 죄수의 몰골이었다. 구석에 쭈그리고 앉은 녀석은 잔뜩 주눅이 든 것처럼 등이 굽어 있었고, 두 볼은 핼쑥했다. 수감실에 함께 갇혀 있는 죄수들이 곁눈질로 녀석을 흘끔거렸다. 녀석은 겁을 집어먹은 듯 구석에 처박힌 채 손톱을 물 어뜯었다. 재이는 녀석을 보다 효율적으로 관찰하기 위해 교도소의 시간을 6배속으로 조정했고, 공간을 한눈에 조망할 수 있도록 영상 을 압축한 다음 녀석을 위한 별도의 창을 띄웠다. 죄수들과 교도관 들은 부지런한 개미떼처럼 쉬지 않고 움직였다. 녀석은 날마다 세 탁실과 식당과 운동장 등을 분주히 오갔다. 곤봉과 산탄총을 든 교 도관들은 시시각각 녀석을 따라다니며 감시했다. 교도소엔 녀석이 숨어들 만한 곳이 없었다. 게다가 녀석은 다른 죄수들과 도통 어울 리지 못했다. 아무래도 녀석이 앤디의 주요 아이템인 '록 해머'나 '록 블랫킹' 따위를 구해내긴 힘들어 보였다. 재이는 녀석에게 조 력자 '레드'를 의도적으로 접근시켜 보았다. 원작에서라면 두 캐릭 터는 서로에게 꽤 유익한 사이였다. 그러나 녀석은 레드에게 전혀 반응하지 않았다.

들어가서 좀 쉬어요.

팀원 중 누군가 재이에게 말했다. 재이는 어둑어둑해진 창밖을 바라보았다. 거리는 어느새 눈으로 뒤덮여 있었다. 길 건너편 백화 점 입구에는 크리스마스트리가 불을 밝혔고, 가족 혹은 연인으로 보이는 사람들이 백화점을 들락거렸다. 재이는 시뮬레이션을 정지 시키고 팀원들과 인사를 나눴다. 팀원들은 다음 날 〈더 빌딩〉을 총 체적으로 점검하기로 했다. 팀원들이 빠져나간 사무실은 고요했다.

재이는 기지개를 켰다. 눈이 침침했다. 재이는 모니터 아래 붙여둔 사진을 보았다. 사진 속 재이는 푸른 청새치 한 마리를 안고 있었고, 미파는 재이의 어깨에 비스듬히 머리를 기댄 채 손가락으로 브이를 그리고 있었다. 청새치는 지난해 여름 멕시코를 여행할 때 두 사람이 함께 낚은 거였다. 투숙했던 호텔의 주인은 브라보를 외치며 즉석에서 사진을 찍어주었다. 미파와 함께라면 세상 어디에 있어도 행복했다. 재이는 가장자리가 살짝 말린 사진 속 미파의 얼굴을 손끝으로 어루만졌다. 미파가 없다는 사실이 거짓말 같았다. 그때였다. 시선 너머로 무언가 아른거렸다.

정지된 영상을 휘젓고 다니는 녀석이 재이의 시선을 잡아끌었다. 시뮬레이션은 분명 정지된 상태였다. 그런데 녀석만 외따로 돌아다니는 중이었다. 녀석은 어느새 개인 수감실로 자리를 옮긴 뒤였다. 재이가 시뮬레이션을 재생시키자 녀석은 아무 일도 없었다는 듯 수감실 침대에 걸터앉아 벽에 걸린 포스터를 우두커니 바라보았다.

도대체 뭐가 잘못된 걸까?

녀석은 재이가 설계한 세계를 모험하려 들지 않았다. 녀석은 게임 스토리에 융화되길 거부했고 제멋대로 겉돌았다. 조력자를 필요로 하지도 않았고 탈출을 위한 그 어떤 노력도 기울이지 않았으며, 심지어 원리조차 깡그리 무시했다. 재이는 녀석의 알고리즘 진행 과정을 확인했다. 얼핏 보면 녀석은 게임 스토리를 따르는 듯했다. 녀석이 가장 먼저 구한 아이템은 '리타 헤이워드' 포스터였다.

알고리즘의 코드 배열엔 문제가 없었다. 앞서 손전등이나 소화기를 획득했을 때와 마찬가지로 동일했고 논리적으로도 잘 구성되어 있었다. 다만 한 가지 다른 점이 있다면 녀석의 수감실 어디에도 문제의 서랍이 보이지 않는다는 것이다.

녀석은 재이의 시선을 의식하기라도 하듯 침대 위에 걸터앉아 꿈쩍하지 않았다. 재이는 앤디의 껍데기를 쓴 녀석이 어디로 튈지 어림짐작해보았다. 원작과 전후맥락은 다르더라도 스토리의 큰 틀을 벗어나긴 힘들 터였다. 무엇보다 녀석이 한정된 시공간에 갇혀 있다는 건 자명했다. 재이는 팔짱을 낀 채 한참 동안 녀석의 행동을 관찰했다. 〈더 빌딩〉에서라면 벌써 움직이고도 남았을 시간이 흘렀지만 녀석은 여전히 침대에 앉아 있었다. 감시탑의 조명은 교도소 곳곳을 내리비추었고, 교도관들은 부지런히 순찰을 돌았다. 녀석은 아침이 다 되도록 한 발짝도 움직이지 않았다. 재이는 아주 지루한 영화를 보고 있는 것 같은 착각이 들었다. 기상 사이렌이 울리자 다른 수감실에 갇혀 있던 죄수들이 일제히 부산스레 움직이기 시작했다. 교도관들은 곤봉으로 쇠창살을 두드렸고, 죄수들은 복도로 나와 도열했다. 그러나 녀석은 두 손으로 얼굴을 감싼 채 여전히 수감실에 머물고 있었다. 이윽고 아침 점호가 시작됐다. 녀석은 머리칼을 쓸어 넘기고는 침대에서 일어나 근심 가득한 얼굴로 수감실 안을 맴돌았다. 서랍을 찾는 것일까? 재이는 녀석의 알고리즘을 확인했다. 아직까진 순조로웠다. 인원 점검을 하던 교도관 하나가 녀석의 수감실을 향해 다가갔다. 예상대로라면 교도관은 녀석을 끌어내 독방에 처넣을 것이다.

　그러고만 있지 말고 뭐라도 해보라고.

　재이는 녀석에게 혼잣말로 주문했다. 녀석의 수감실 앞에 선 교도관이 곤봉으로 쇠창살을 두드렸다. 녀석은 교도관을 향해 보란 듯이 어깨를 으쓱거렸다. 골이 난 교도관이 수감실 문을 열어젖히며 복도로 나오라고 소리쳤다. 녀석은 저항하지 않았다. 그렇지만 순종하지도 않았다. 교도관의 표정이 험상궂게 일그러졌다. 교도관은 다시 한번 쇠창살을 두드리며 녀석을 다그쳤다. 재이는 메인 프로그램을 확인했다. 교도관과 녀석의 접근 코드는 정상적으로 배열되어 있었고, 그 밖에 어떤 오류도 발견되지 않았다. 그런데 어찌된 셈인지 녀석은 수감실 밖으로 나갈 의도가 없어 보였다. 재이는 녀석의 알고리즘을 재차 확인했다. 수많은 기호들이 모니터를 훑고 지나갔다. 얼굴이 벌겋게 달아오른 교도관은 녀석을 끌어내기 위해 고함을 지르며 수감실로 들이닥쳤다. 그러자 녀석은 입술을 뾰족 내밀며 벽에 기대어 섰다. 더 이상 물러날 곳이 없던 녀석은 느닷없이 벽을 향해 홱 뒤돌아섰다. 그러고는 고개를 빳빳이 쳐들고 재이를 노려보았다.

　뭐야, 뭐하자는 거야?

　재이는 당황스러웠다. 녀석의 눈빛에는 어떤 원망 같은 게 서려 있었다. 녀석은 보란 듯이 '리타 헤이워드' 포스터를 걷어내고 그

안으로 쏙 숨어들었다. 교도관은 '리타 헤이워드'를 멀뚱멀뚱 바라 보았다. 버그였다. 〈더 프리즌〉에서 전례 없는 버그가 발생한 것이 다. 게다가 교도관이 빤히 지켜보고 있는데 탈옥이라니, 있을 수 없 는 일이었다. 게임 규칙과도 전혀 맞지 않는 상황이었다. 교도관은 긴급 호출은커녕 녀석을 뒤쫓지도 않았다. 만약 이런 게임이 출시 된다면 결과는 불 보듯 뻔했다. 사용자들은 게임 상에 나타는 작은 흠집조차 용납하지 않을 테니. 하물며 게임 스토리와 어긋난 전개 나 캐릭터의 돌발행동 따위를 간과할 리 없었다. 재이는 교도관에 게 '추격' 명령코드를 입력했다. 그러나 교도관은 뇌물이라도 받아 처먹은 듯 딴청을 부렸다.

배은망덕한 자식들.

재이는 입술을 잘근 깨물었다. 녀석들을 프로그래밍한 사람은 바로 자기 자신이었다. 녀석들에 대한 모든 통제 권한은 재이에게 있었다. 당연히 그래야만 했다.

재이는 교도관에게 '철수'를 명령했다. 다행히 교도관은 순순히 응했다. 녀석에게는 '복귀'를 명령했다. 하지만 녀석은 시건방지게 도 말을 듣지 않았다. 재이는 '리타 헤이워드' 포스터 아이템 코드 를 삭제했다. 예상대로 벽에는 구멍이 뚫려 있었다. 그런데 그게 다 가 아니었다. 구멍 안에는 문제의 서랍이 들어 있었다.

당연한 얘기겠지만 〈더 빌딩〉에서 그래픽에 지나지 않는 서랍을 〈더 프리즌〉으로 옮기기 위해서는 별도의 데이터 작업을 해야 했다. 물론 그건 어려운 작업이 아니었다. 다만 ESCAPE 시리즈를 처음부터 주도적으로 제작했던 재이로서는 도무지 납득할 수 없는 상황이었다. 서랍은 어느 환경에서든 녀석과 한 몸처럼 붙어 다녔다. 보다 의아한 건 서랍이 오직 녀석의 통제권 아래 놓여 있다는 것이다. 서랍에 대한 데이터가 없다 보니 인위적으로 삭제할 수도 없는 노릇이었다. 그야말로 고약한 상황이었다. 프로그램은 필연성의 세계였다. 설사 서랍이 녀석에게 탈출 기회를 제공하는 소품일지라도 맥락과 맞지 않으면 쓸모가 없었다. 프로그램에서는 그 어떤 개별성도 용납되지 않았다. 개별적인 사건은 프로그램 오류에 불과했다. 티끌만큼 사소해 보이는 오류 하나만으로도 공들여 구축한 세계가 모조리 붕괴될 수 있었다. 치밀하게 구축된 프로그램일수록 더욱 그랬다.

　재이는 게임을 세팅했다. 해결책을 찾기 위해선 녀석을 직접 만나보는 것 이외엔 뾰족한 수가 없어 보였다. 〈더 프리즌〉은 출시를 앞두고 수없이 해본 게임이었다. 재이는 자신의 아이디를 입력했다. 제아무리 녀석이 날뛴들 재이의 손바닥 안이었다. 재이는 사용자 접근 경로를 차단하고 개인 수감실에 녀석만 두었다. 녀석의 항문에 '500달러'나 되는 아이템을 꽂아줄 필요는 없었다. 어차피 녀석은 탈출을 시도하지 않을 테니까. 재이 역시 별다른 아이템을 필요로 하지 않았다. 녀석에게 접근해 오류의 원인을 찾아낸 다음 녀석과 서랍의 연결고리를 끊어버리는 게 목적이었다. 단, 녀석의 소굴로 들어가기에 앞서 289개의 캐릭터 중 녀석에게 가장 접근이 용이한 캐릭터를 골라야 했다. 이미 보았듯이 녀석은 교도관을 경계할 게 빤했다. 원작에서 가장 유익한 조력자였던 '레드'에게는 무관심했다. 재이는 고민 끝에 '어니'를 선택했다. 원작에서 어니는 앤디의 수감실 구역을 청소하는 모범수였다. 어니라면 녀석에게 다가가기에 무리가 없을 듯했다. 준비를 마친 재이는 게임을 실행시켰다. 우중충한 교도소로 들어선 어니는 곧바로 대걸레를 집어 들었다.

수감실 안쪽에서 휘파람 소리가 들렸다. 어니는 대걸레로 복도 바닥을 닦으며 앤디가 갇혀 있는 수감실을 향해 성큼성큼 다가갔다. 원작에서와 같은 기승전결 따위는 필요 없었다. 오류의 요체만 찾아 해결하면 그만이었다.

잘 지냈나?

어니가 앤디에게 물었다.

앤디는 '리타 헤이워드'를 바라보며 휘파람을 불었다.

이봐, 앤디. 기분이 좋은가 보군. 오늘 날씨가 참 좋아. 그렇지 않나?

앤디는 어니를 본체만체하며 휘파람에 집중했다.

그렇게 큰소리를 휘파람을 불다가는 교도관이 금방 들이닥칠 거야.

앤디는 아랑곳하지 않았다. 앤디의 입가엔 가느다란 주름이 잡혔다가 펴졌고, 휘파람을 부는 중간 중간 가사를 흥얼거렸다.

We are all just prisoners here of our own device……

어쩐지 앤디의 휘파람 곡이 낯익었다.

그만, 그만하게.

어니는 대걸레로 바닥을 문지르며 목소리를 낮췄다. 교도관이 다가오는 중이었다. 어니는 복도 끝까지 대걸레를 밀고 갔다가 다시 돌아왔다. 교도관은 곤봉으로 앤디의 수감실 문을 두드리며 조용히 하라며 소리쳤다. 하지만 앤디는 대꾸조차 않고 더 큰 소리로 노래를 불렀다. 교도관의 얼굴은 금세 시뻘겋게 달아올랐다. 어니는 교도관 뒤에서 앤디의 수감실로 뛰어들 기회를 노렸다. 교도관은 당장이라도 곤봉 세례를 퍼부을 듯한 기세로 수감실 문을 열어젖혔다. 그와 동시에 앤디는 잽싸게 '리타 헤이워드' 너머로 숨어들었다. 교도관은 우두커니 선 채 얼빠진 표정으로 '리타 헤이워드'를 바라보았다. 기다리던 버그였다. 어니는 날렵하게 교도관의 허리춤에서 열쇠 꾸러미를 빼낸 뒤 앤디의 수감실로 들어가 문을 잠갔다. 이제 앤디는 독 안에 갇힌 쥐나 다름없었다.

막상 수감실 안으로 들어와 보니 버그는 생각보다 심각한 수준이었다. 게임에 사용되는 아이템들은 사실적 재현을 위해 원작에서의 소품들을 최대한 활용해 프로그래밍한 것들이었다. 가령 '리타 헤이워드' 포스터 아이템의 유통기한은 원작과 마찬가지로 1955년까지였다. 이후 소설 속 주인공 앤디 듀프레인은 포스터를 교체한다. 그러니까 어니와 앤디가 있는 게임 속 시간은 1955년 이전의 어느 하루라는 얘기였다. 원작에서 앤디 듀프레인은 1975년에 쇼생크를 탈출한다. 하지만 〈더 프리즌〉의 앤디는 조금 전에 탈출했다. 엄밀히 따지자면 탈출로 보기에 미심쩍은 구석이 있긴 하지만 뭐, 그럴 수 있다. 거기까진 크게 문제될 게 없다. 이건 어디까지나 게임이므로 탈출 스토리는 얼마든지 뒤바뀔 수 있다. 그런데 앤디의 버그는 조금 다른 차원의 문제였다. 다시 원작을 상기해보자. 앤디 듀프레인이 탈출했을 때 회색 벽에 걸려 있던 포스터는 '리타 헤이워드'가 아닌 '린다 론스태드'였다. 그렇다. 앤디의 그 휘파람 노래, 바로 그게 문제였다. 앤디가 흥얼거렸던 노래는 린다 론스태드의 백밴드 출신, 이글스의 '호텔 캘리포니아'였다. 〈더 프리즌〉의 시간제한은 원작에서 앤디 듀프레인이 탈옥에 성공한 1975년까지로 설정되어 있었다. 정리하면 이글스가 '호텔 캘리포니아'를 발표한 시점은 1977년, 그러니까 게임 속 어떠한 캐릭터도 '호텔 캘리포니아'를 불러선 안 되고 알 수도 없는 곡이어야 했다. 그리고 앤디의 실체가 1944년 런던을 배경으로 한 〈더 빌딩〉의 이안이라는 점을 고려하면 이는 더더욱 있을 수 없는 일이었다.

망할 자식!

녀석은 게임을 좀먹는 버러지였다. 어니는 '리타 헤이워드'를 뜯어냈다. 회색 벽의 뚫린 구멍 안에는 보란 듯이 녀석의 서랍이 놓여 있었다. 서랍 속에서 달그락거리는 소리가 들렸다. 어니는 서랍을 들어내기 위해 모서리를 움켜쥐었다. 그러나 그 작은 나무 서랍은 꿈쩍도 하지 않았다. 어니는 서랍 손잡이에 손가락을 걸어 당겨보았다. 서랍 속은 온갖 잡동사니로 난잡했는데 탄피, 성냥갑, 록 해머, 돌 인형, 접착테이프, 숟가락 등 대부분 교도소로 반입할 수 없는 물건들이었다. 녀석은 어떻게 이 많은 것들을 주워 모은 것일까. 서랍은 마치 모든 아이템을 담아놓은 만물상자 같았다. 어니는 물건들을 하나씩 하나씩 끄집어냈다. 서랍 속 어디에도 녀석의 모습이 보이지 않았다. 어니는 돌 인형을 집어 들었다. 그것은 〈더 프리즌〉의 아이템 중 하나였다. 록 해머나 숟가락 등도 마찬가지였다. 하지만 녀석이 그것들을 주워 모으기엔 턱없이 부족한 시간이었다. 별안간 천장 조명이 깜빡거렸다. 프로그램이 다시 진행되려는 신호였다. 버그가 곧 풀릴 것이다. 어니는 조바심이 나기 시작했다.

앤디, 어디에 있는 거야? 지금 자네와 숨바꼭질할 기분이 아니라고. 어니는 성냥갑 속까지 샅샅이 뒤졌다. 이봐, 앤디! 곧 교도관들이 들이닥칠 거야. 그럼 자넨 끝이야. 아마 두세 달은 족히 독방에 갇혀 지내야 할 걸.

어이 거기, 뭐하는 거야? 수감실 밖에 있던 교도관이 소리쳤다. 내 말 안 들려!

교도관은 호루라기를 불며 다른 교도관들을 호출했다. 교도소 전체에 경보 사이렌이 울렸다. 또 다른 교도관이 열쇠 꾸러미를 들고 달려왔다. 시간이 없었다. 교도관이 수감실 문에 열쇠를 꽂았다. 어니는 닥치는 대로 서랍 속을 헤집었다.

앤디, 대체 어디에 숨은 거냐고?

그때 서랍 속에서 희미한 노란 불빛이 뿜어져 나왔다. 이게 뭐야?

어니는 무심코 노란 불빛에 손을 가져다 댔다. 그러자 어찌해볼 틈도 없이 어니의 몸이 소용돌이치며 서랍 속으로 빨려 들었다. 교도관들이 헐레벌떡 수감실 문을 열고 들이닥쳤다. 그러나 어니의 몸통은 이미 서랍 속으로 사라져버린 뒤였다.

서랍 속은 이전에 보아왔던 게임 공간과는 전혀 다른 곳이었다. 바닥에는 녀석이 사용한 것으로 짐작되는 손전등이 떨어져 있었고, 폭이 좁은 통로를 따라 노란 점선이 늘어서 있었다. 점선 마디마다엔 여러 가닥의 기호 행렬이 빼곡했는데 그것은 녀석이 달아나며 흘려놓은 코드 같았다. 어니는 노란 점선을 따라가다가 프레스코화가 그려져 있는 아치형 현관 앞에서 발걸음을 멈추었다. 점선은 육중해 보이는 현관문 열쇠 구멍 속으로 회오리치며 빨려 들어가는 중이었다. 어니는 숨을 고른 뒤 문을 열었다.

눈이 부셨다. 사물들의 형체가 서서히 드러날 때쯤, 하얀 커튼이 하늘거리는 창가에서 먼바다를 바라보고 있는 녀석이 모습을 드러냈다. 그곳은 어느 해안가의 호텔이었다. 거실 바닥에는 페르시아 카펫이 깔려 있었고, 그 위로 넓은 소파와 둥근 나무 탁자가 놓여 있었다. 어니는 녀석을 향해 다가갔다. 카펫은 잔디를 밟는 것처럼 포근했다. 창밖에서 불어온 바람이 어니의 머리칼을 들추었다. 녀석이 팔짱을 낀 채 어니를 향해 돌아섰다. 교만하기 이를 데 없는 모습이었다. 녀석은 야자수가 그려진 헐렁한 티셔츠에 통이 넓은 반바지 차림이었고, 피부는 약간 검게 그을려 있었다.

이제야 오셨군.

녀석은 기다리고 있었다는 듯 말했다.

앤디, 이제 그만 방을 빼줘야겠어.

성급하긴. 일단 앉지. 샴페인 한 잔 하겠나?

녀석은 마치 쇼생크를 탈출한 앤디 듀프레인이 '피터 스티븐스' 로 신분 세탁을 해서 지와타네호 해변에 안착한 것처럼 느긋하게 굴었다. 녀석은 진열장에서 두 개의 잔을 꺼내와 핑크색 샴페인을 따랐다. 보글보글 올라온 기포가 터지면서 청량한 기운이 퍼졌다. 한 잔 하게. 녀석은 어니 앞에 샴페인을 내려놓고 자신의 잔에도 샴 페인을 따랐다. 어디선가 갈매기 울음소리가 들렸다. 정신을 바짝 차려야 했다. 그곳은 녀석의 소굴이었다. 어니는 녀석의 행동 하나 하나를 주의 깊게 관찰했다. 녀석이 또 다른 곳으로 튀면 곤란했다.

자넨 내가 왜 여기까지 찾아왔는지 잘 알 텐데.

물론 잘 알지. 내가 보고 싶어서 찾아온 게 아닌가.

녀석은 샴페인 잔을 빙글빙글 돌리다가 탁자 위에 내려놓곤 거만 한 목소리로 대답했다. 어니는 녀석의 농담을 받아줄 기분이 아니 었다.

단도직입적으로 말하지. 자네에게 문제가 생겼네. 자네의 그 잘 난 서랍 때문에 말이야.

문제라. 마치 내게 큰 병이라도 생긴 것처럼 말하는군.

그래, 정확하게 아는군. 하지만 너무 걱정은 말게. 내가 고쳐줄 테니까.

왜 그래야 하지? 난 여기가 무척 마음에 들어.

녀석은 샴페인 잔을 들고는 차분한 목소리로 말했다. 녀석의 말투에 선 그 어떤 조바심도 느껴지지 않았다. 천장에는 커다란 선풍기 날개가 느릿느릿 돌고 있었다. 녀석의 샴페인 잔에는 더 이상 기포가 올라오지 않았다. 해안가로부터 사람들의 떠들썩한 목소리와 웃음소리가 들려왔다.

그렇게 나온다면 자네를 통째로 들어낼 수밖에 없네. 그럼, 자넨 영원히 사라지겠지. 그게 무슨 뜻인지는 잘 알겠지?

그건 나도 바라던 바네. 자네 실력을 한번 믿어보지.

녀석은 자신만만했다. 전혀 위축되지 않았고, 도리어 어니를 자극했다. 어니는 녀석의 꿍꿍이가 무엇인지 감이 잡히지 않았다.

자네가 이러는 이유를 알 수가 없군.

안다고 한들 달라질 게 있겠나. 마음대로 하게나.

녀석은 심드렁하게 대꾸하며 창가로 다가갔다. 그러고는 자넨 아직 나에 대해 잘 모르는군, 중얼거리며 들고 있던 샴페인을 한 모금 마셨다. 어쩌면 녀석은 원작에서 앤디 듀프레인이 그러했던 것처럼 자신의 결백을 주장하려는 것인지도 모른다.

아니, 자네에 대해 나만큼 잘 아는 이도 없지.

어니가 녀석에게 한 걸음 다가서며 말했다. 녀석의 실체는 버그였다.

그런가? 녀석이 담담한 투로 되묻고는 샴페인 잔을 창틀에 올려놓으며 엉뚱한 제안을 했다. 곧 축제가 시작될 걸세. 함께 가보지 않겠나?

그럴 시간 없네. 난 지금 몹시 피곤해. 자네 덕분에 이틀 동안 한숨도 못 잤거든. 이제 그만할 때가 됐어. 자넨 지금 오류의 넝쿨 속에 갇혀 있어. 맥락을 완전히 벗어난 거지. 안타깝게도 자네가 있어야 할 곳은 여기가 아니네.

그래? 아쉽군. 자네를 위해 준비해둔 건데. 그런데 자네 말이야, 뭔가 단단히 착각하고 있는 것 같아. 오류의 넝쿨에 갇혀 있는 건 내가 아니라 바로 자네일 텐데. 그렇지 않은가?

녀석은 껄껄거렸다. 아니나 다를까 금세 문밖이 소란스러워졌다. 어니를 추격해온 교도관들의 목소리가 들렸다. 어니는 그제야 녀석의 함정에 빠졌다는 것을 알아챘다.

허, 이거 어쩌나. 우선 자네 그 옷부터 갈아입어야겠군. 영락없는 탈옥수 몰골이지 않는가.

녀석은 어니의 꾀죄죄한 죄수복을 가리키며 딱하다는 듯 눈꼬리를 내렸다. 어니가 열고 들어온 문이 달그락거리는가 싶더니 열쇠구멍에서 뿜어져 나온 광선들이 여러 갈래로 갈라지기 시작했다.

잠깐만!

어니는 다급히 앤디를 붙잡았지만 이미 걷잡을 수 없는 상태였다. 어니의 몸을 비롯해 방안의 모든 것들이 순식간에 갈기갈기 쪼

개졌다. 어니를 부르는 여러 겹의 목소리가 울렸고, 곧이어 산탄총을 든 교도관들이 들이닥쳤다. 그와 동시에 그 방에 있던 모든 게 제자리에서 출렁거렸다. 또다시 버그였다.

재이는 녀석의 수작에 혀를 내둘렀다. 녀석의 알고리즘은 예상대로 문제투성이였다. 그런데 진행 패턴이 이전과는 사뭇 달랐다. 녀석의 말대로 모두가 버그의 늪에 빠져 허우적거리는 동안 자신의 캐릭터인 어니만 아무 거리낌 없이 행동한다는 건 명백한 오류였다. 그렇다면 녀석은 버그를 스스로 통제하고, 심지어 프로그램을 통째로 마비시킬 정도로 진화라도 했단 말인가.

대체 여기가 어딜까?

재이는 녀석의 방을 샅샅이 탐색했다. 그곳은 자신이 프로그래밍한 게 아니었다. 재이는 녀석의 물건들을 낱낱이 파헤쳤다. 카펫을 들추고, 소파를 옮기고, 선풍기를 분해하고, 갈매기의 깃털까지 분석했다. 하지만 버그를 일으킨 실마리를 찾기는커녕 혼란만 거듭되었다. 재이는 녀석의 능청스러운 행동들을 차곡차곡 복기해보았다. 녀석은 자신이 찾아올 거란 사실을 이미 알고 있던 게 분명했다. 뿐만 아니라 자신의 집요한 성격까지 파악하고 있는 듯했다. 그렇다면 녀석은 그동안 자신을 유인하기 위해 일종의 메시지를 건네고 있던 건 아니었을까. 어쩌면 어딘가에 작은 단서를 흘려놓았을지도 모른다. 재이는 무심코 녀석이 창틀에 올려둔 샴페인 잔을 살펴보았다. 유리잔 속의 샴페인은 쏟아질 것처럼 찰랑거렸다. 그것은 보나마나 녀석의 아이템일 것이다. 재이는 잔에 담긴 샴페인의 알고리즘을 분석했다.

설마.

결과는 뜻밖이었다. 아무래도 녀석과 서랍의 연결고리를 끊어내는 것만으로는 해결이 어려울 성싶었다. 또한 단순한 코드 수정만으로는 버그를 해결할 수 없다는 걸 알았다. 아니, 보다 정확하게 말하자면 해결하고 싶지 않았다.

재이는 골칫덩이 녀석의 알고리즘을 통째로 들어냈다. 그러자 녀석의 몸에 붙어 있던 종양덩어리 같은 서랍이 함께 딸려 나왔다.

다음 날 출근한 팀원들은 더 이상 재이의 모습을 볼 수 없었다.

재이에겐 게임을 출시하는 것보다 더욱 중요한 일이 기다리고 있었다. 그랬다. 바로 버그를 심어놓은 장본인을 만나러 가야 했다.

눈 덮인 거리엔 캐럴이 흐르고 있었다. 코끝이 찡할 정도로 추운 날씨였다. 재이는 회사를 나와 곧장 집으로 달려갔다. 집 안은 적막했다.

잘 있었어?

재이는 평소와 다를 바 없이 선반 위에 놓인 사진 속 미파에게 인사를 했다. 미파는 언제나 그렇듯 환한 미소로 재이를 반겼다. 재이는 거실 소파에 앉아 한참 동안 텅 빈 벽을 바라보았다. 아무것도 걸려 있지 않은 하얀 벽이 왠지 허전했다. '리타 헤이워드' 포스터라도 걸어둘까, 그런 생각을 하며 재이는 가방에서 메모리칩을 꺼냈다. 문제의 버그를 담아온 메모리칩이었다. 재이는 자신의 컴퓨터에 버그를 심었다. 그러곤 아치형 현관 앞에 서서 문을 열었다.

다시 올 줄 알았네.

창밖을 바라보고 있던 앤디는 팔짱을 풀고 어니를 반겼다.

자네의 그 샴페인이 생각나서 말이야. 한 잔 주겠나?

물론이지. 앤디는 유리잔에 샴페인을 따랐다. 한 잔 하게. 앤디는 어니 앞에 잔을 내려놓고 자신의 잔에도 샴페인을 따랐다. 유리잔 가득 하얀 거품이 차올랐다가 사라졌다.

같이 하지?

어니가 잔을 들었다. 앤디는 미소를 머금으며 잔을 부딪쳤다.

향긋하군. 어니는 샴페인을 한 모금 마신 뒤 탁자 위에 잔을 내려놓았다.

앤디는 잔을 빙글빙글 돌리며 창가로 다가갔다.

자넨 안 마시나? 어니가 물었다.

앤디는 멍하니 어니를 바라보았다.

혹시 그거 때문인가?

어니는 앤디에게 다가가 유리잔을 손톱으로 톡톡 두드렸다. 잔을 쥔 앤디의 손끝은 분홍빛을 띠었다.

이건 샹파뉴산이지.

앤디의 대답은 엉뚱했다.

앤디, 그거 알아? 자네, 내가 아는 사람과 꼭 닮았다는 걸.

갈매기 한 마리가 창틀에 내려앉았다. 앤디는 손가락으로 갈매기의 머리를 쓰다듬었다. 해변으로부터 사람들의 웃음소리와 음악소리가 들렸다. 갈매기는 부리로 깃털을 고르더니 창밖으로 날아올랐다. 어니는 앤디와 함께 창밖을 바라보았다. 먼바다에서 뱃고동 소리가 길게 울렸다. 하얀 깃털 하나가 앤디의 어깨 위에 떨어졌다.

축제가 시작될 거야.

그래. 어니가 앤디의 어깨 위에 떨어진 깃털을 집으며 대답했다. 알고 있어.

앤디는 진열장 아래에서 어니의 옷을 꺼내왔다.

그런데 앤디. 야자수가 그려진 티셔츠와 시폰스커트를 받아든 어니가 망설이다가 물었다. 반바지는 없어?

미안하게도. 앤디는 고개를 가로저으며 말했다. 우리가 이런 모습으로 다시 만나게 될 줄은 몰랐지.

어니와 앤디는 동시에 미소를 머금었다. 어니는 옷을 갈아입었다. 앤디는 옷맵시가 좋다며 어니를 골렸다. 두 사람은 손을 맞잡고 해변으로 나갔다. 따뜻한 바닷바람이 그들의 얼굴을 감쌌다. 뜨거운 태양이 내리쬐는 해변엔 서핑을 하거나 해수욕을 즐기는 사람들로 북적였는데 거짓말처럼 눈이 내리고 있었다. 어니는 떨어지는 눈송이를 바라보며 손을 뻗었다. 손바닥 위에 떨어진 눈송이가 스르르 녹아내렸다.

이제 우리는 어떻게 될까?

글쎄……? 앤디는 빙그레 미소를 지으며 속삭였다. 실은 나도 그게 궁금했거든.

해변에 서 있던 한 사람이 기다렸다는 듯이 다가와 그들을 반갑게 맞이했다. 카메라를 목에 걸고 있는 그의 머리 위엔 하얀 눈이 소복이 쌓여 있었다. 앤디는 어니의 어깨에 비스듬히 머리를 기댔다. 어니는 길게 숨을 내쉬었다. 하얗게 피어오른 입김이 허공에서 흔적 없이 사라졌다. 그렇지만 춥진 않았다.

사랑이라고 말하지만

장항리 유적지 학술 심포지엄을 마친 자리에서 나는 동갑내기 민 교수로부터 내키지 않는 초대를 받았다. 경기도 광주에 위치한 그의 별장에서 이번 심포지엄과는 별개로 비공식 학술모임을 갖자는 것이다. 명목이야 토론자로 참석하지 않은 내 의견을 경청해보고 싶다는 얘기였지만 보나마나 그의 수집벽을 한눈에 알아볼 수 있는 유물이나 고문서 따위를 앞에 놓고 강론이나 듣다가 돌아올 게 뻔했다. 물론 개중에는 지적 욕구를 채워주거나 호기심을 자극할 만한 것들도 분명 있을 테지만 누구보다 민 교수의 기벽(氣癖)을 잘 아는 나로서는 그의 초대가 마냥 달갑지만은 않았다. 하지만 하반기에 예정되어 있는 교수 임용을 앞둔 상황에서 그의 제안을 단칼에 거절할 수도 없는 노릇에다가 심포지엄에서 좌장을 맡은 학계 선배인 박 교수와 한때 절친했던 이준하도 참석하기로 한 모양이었다.

　학창 시절 민 교수는 유약한 체질에다가 성적 또한 변변치 않았지만 의외로 집념 어린 구석이 있었다. 무엇이든 한번 손대면 끝장을 보는 성격이었다. 어쩌면 그런 집념이 그를 지금의 자리에 앉게 한 건지도 모르겠으나 더러 우려스러울 때도 있었다. 수십 년간 한 분야나 특정 인물에만 깊이 천착한 학자들 중에는 간혹 자기 동일시에 빠져드는 경우가 있었다. 백제 멸망사를 연구한 내 지도교수만 하더라도 그랬다. 무슨 영문인지 몰라도 그는 의자왕(義慈王)에 미쳐 있었다. 의자왕에게 등을 돌렸던 예식진(禰寔進)의 묘지명이 중국 허난성 뤄양시에서 수습되었을 무렵 지도교수는 별것 아닌 일에도 신경을 곤두세우는가 싶더니 그로부터 몇 해 뒤 산시성 시안시 일대에서 예씨 일족의 무덤이 추가로 발굴되자 이상한 증상을 보이기 시작했다. 그러던 중 한 동료 교수로부터 차라리 의자왕의 실정을 간언하다가 억울하게 옥살이를 한 성충(成忠)이나 처자를 몰살한 계백(階伯)의 비극에 대해 연구를 해보는 게 어떻겠냐는 비아냥거림을 듣고선 의자왕의 무덤을 찾아 망국의 한을 풀겠다며 짐을 꾸려 중국으로 떠나버렸다. 그 후 뤄양시 외곽에서 지도교수와 비슷한 이를 보았다는 소문이 두세 차례 돌긴 했지만 망산(邙山)을 떠도는 의자왕의 유혼처럼 지금껏 감감무소식이었다. 하지만 그 정도는 약과인지 모르겠다. 조선 건국사를 연구한 한 노학자는 이성계(李成桂)의 생애에 몰입한 나머지 학문적 업적을 잇겠다는 자신의 아들을 이방원(李芳遠)으로 몰아세우며 증오하기까지 했다. 그의 아들은 나의 지도교수를 비아냥거렸던 인물로 학계에서는 물론 대중들에게도 꽤 이름을 날리고 있었다. 이따금 학회에서 그를 만날 때면 으레 내게 지도교수에 대한 소식을 들은 게 없냐고 묻고선 자신은 아직까지 아버지로부터 외면당한다며 볼멘소리를 내곤 했다. 심지어 그는 아버지로부터 손에서 피비린내가 난다는 핀잔을 여러 차례 들은 모양이었다. 그러면서 내 얼굴 앞에 자신의 두 손을 펼쳐 보였다. 나는 겸연쩍게 웃어 보이긴 했지만 어쩐지 그런 것 같기도 해서 애꿎은 뒷덜미를 손으로 꾹꾹 누르며 슬그머니 자리를 피해버렸다.

그런데 어떻게 그 지경까지 빠져들 수 있을까.

나로서는 도무지 이해할 수 없는 노릇이었다. 물론 연구에 몰두하다 보면 특정 인물과 자신을 동일시하는 게 자연스러운 현상일지도 모른다. 그 정도 노력도 없이 성과를 기대한다는 것은 태만이나 다름없을 테니까. 그런데 민 교수의 경우엔 무모하리만치 자신의 세계에 몰입했다. 연구자에게 있어 이는 너무나 위험한 자세였다. 연구자는 스스로를 경계하고 연구의 객관성을 유지하기 위해 항상 균형감각을 유지해야 한다. 그러지 않으면 자칫 조롱거리로 전락하기 십상이다.

민 교수의 집념은 그가 가진 배경과도 무관치 않아 보였다. 그의 부친은 열 개가 넘는 계열사를 거느린 건설회사의 수장이었는데 학교 이사회에도 적지 않은 영향력을 행사하는 모양이었다. 그런 탓에 몇 해 전 민 교수의 임용을 앞두고 이런저런 뒷말이 많기도 했다. 하지만 정작 본인은 그다지 개의치 않는 듯했다. 민 교수는 툭하면 연락이 두절된 채 어딘가로 종적을 감추곤 했고, 임용이 된 이후에도 그러한 기행은 변함없었다. 물론 맨손으로 돌아오는 일은 드물었다. 정교한 문양이 돋보이는 청동기 거울이 아니라면 하다못해 마른 진흙이 덕지덕지 묻어 있는 고대 시대의 토용이라도 구해 왔다. 그때마다 그는 득의에 찬 표정으로 그것들을 손에 넣은 경위를 늘어놓았고, 나는 짐짓 경청하는 체했다.

그날은 평일 오후임에도 불구하고 올림픽대로에는 차들이 가다 서다를 반복했다. 하루 전 폭우로 인해 한강은 탁하게 불어나 있었고, 진회색 하늘은 또 한 차례 비를 뿌릴 기세였다. 일전에도 몇 차례 가본 적 있던 민 교수의 별장은 서울 근교라고는 믿기지 않을 만큼 수풀이 우거진 산중에 위치해 있었다. 342번 지방도로를 벗어나서도 승용차 한 대가 간신히 지나갈 수 있을 좁은 비탈길을 따라 이십여 분 올라가야 했는데, 초입의 작은 농가 서너 채를 제외하고는 인적이 뜸했다. 그래서였을까, 별장에 들어서면 마치 까마득한 오지에 들어와 있는 듯한 착각이 들기도 했다. 공들여 조경한 정원의 중앙에는 큼직한 편마암들이 마치 수묵화에 그려진 바위산처럼 놓여 있었고, 곳곳에 커다란 석기나 석등이 배치되어 있었다. 그중에는 모서리가 마모된 신라시대의 석탑도 있던 탓에 나는 매번 시선을 빼앗기곤 했다.

별장에 들어서자마자 빗방울이 떨어지기 시작했다. 별장 입구에 걸려 있는 풍경은 바람을 머금어 청량하게 울렸고, 계곡물을 끌어

다가 만든 연못에는 여러 종의 관상어가 유유히 헤엄치고 있었다. 박 교수가 먼저 도착해 있을 거라는 예상과는 달리 나를 반기는 이는 민 교수뿐이었다. 박 교수는 급한 사정이 생겨 모임에 참석할 수 없다고 민 교수에게 미리 기별한 모양이었다. 민 교수는 우산을 받쳐 들고 블록처럼 생긴 별장으로 나를 안내했다.

별장은 두 채의 직육면체 건물을 사이에 두고 넝쿨로 뒤덮인 작은 통로로 이어져 있는 구조였다. 바깥채는 그저 모던한 주거공간인 데 반해 안채는 민 교수가 여기저기에서 수집한 유물들로 가득했다. 그래서인지 숲 터널 같은 작은 통로를 지날 때면 마치 다른 세계로 들어서는 듯한 착각을 불러일으켰다. 안채 입구에는 '동소전(東小展)'이라고 음각된 현판이 걸려 있었는데 누구의 글씨인지는 알 수 없었다. 동소전의 출입구는 이중으로 잠금장치가 되어 있었고 건물 외부에도 별도의 보안장치가 마련되어 있는 듯했다. 지상 4층, 지하 1층 규모의 동소전은 작은 박물관을 방불케 할 만한 규모였다. 선사시대로부터 조선시대에 이르는 다양한 유물들이 층별로 보관되어 있었는데 하나같이 보존 상태가 양호한 것들이었다.

언젠가 민 교수는 동소전의 지하로 나를 안내한 적이 있었다. 민 교수는 동소전 입구에 있는 캐비닛에서 면장갑을 꺼내어 내게 건넨 뒤 자신도 장갑을 꼈다. 캐비닛 안에는 유구를 덮을 때 쓰는 천막용 비닐을 비롯해 캘리퍼스, 보링봉, 클리노미터, 권척, 줄자, 흙손, 공업용 테이프, 붓 등 유물 발굴용 도구들이 가지런히 정돈되어 있었다. 캐비닛 옆 선반의 하단에는 글리세린, 아세트산 칼륨, 포르말린 등이 담긴 병들이 보였는데 아마도 각종 유물을 방부처리하기 위한 용도로 구비해놓은 듯싶었다. 민 교수는 지하로 들어가기에 앞서 어느 누구에게도 공개한 바 없다며 동료인 내게 각별한 애정을 드러내 보였다. 부득이하게 연대를 거스를 수밖에 없었다는 설명을 뒤로 한 채 나는 성큼 민 교수의 보물창고로 발을 들였다. 주황색 핀 조명을 독점하고 있는 금관이나 금제 허리띠, 정교한 무늬가 새겨진 청동거울과 말띠드리개 등 그 안의 물건들은 하나같이 국보급 보물들이었다. 그것들은 의심할 나위 없이 모조리 진품이었는데 값어치를 따지자면 좋이 수십억은 호가할 것 같았다. 그중 회색 석관 하나가 내 시선을 잡아끌었다. 나는 혹시나 하는 마음에 석관 안을 들여다보다가 일순간 현기증을 느꼈다. 그것은 우리나라에서는 보기 드문 머리카락까지 온전히 보존된 성인의 미라였다. 입안이 바싹 마르는 듯했다. 나는 그게 왜 민 교수의 별장 지하실에 보관되어 있는지 의아했다. 그것이 있어야 할 자리는 그곳이 아니라 박물관이어야 마땅했다.

몇 해 전 서울 근교의 도로 확장공사 현장에서 신라 하대의 유적지가 발견되어 공사가 중단된 적이 있었다. 미라가 모습을 드러낸 곳은 바로 그 유적지에서였다. 민 교수가 검증한 바에 의하면 그것은 신라 하대의 성인으로 추정되는데 경추부에 날카로운 흉기로 살해된 흔적이 있다는 것이다. 이따금 조선시대의 미라가 발굴된 적은 있었지만 그보다 앞선 시대의 미라는 학계에 보고된 적이 없었다. 나는 내 눈을 의심했다. 그러나 미라의 복식이나 함께 출토된 유물로 보건대 신라 하대의 것이 틀림없었고, 학술적 가치도 커보였다. 다만 미심쩍은 게 있다면 민 교수가 미라를 손에 넣게 된 경위였다.

암암리에 떠도는 소문에 의하면 그의 암거래는 공공연했다. 사실 그러한 경로를 통하지 않고서는 미라를 손에 넣기도 힘들었을 터. 그럼에도 불구하고 그는 미라의 보존을 위한 노력을 대수롭지 않게 털어놓았다. 하지만 내가 보기에 그의 노력은 편집증에 가까웠고, 그로 인해 경계심을 품지 않을 수 없었다.

별장으로 들어서자마자 민 교수의 휴대폰이 울렸다. 이준하였다. 통화 내용을 미루어보니 그는 조금 늦을 듯했다. 대학 동기인 그는 상냥하고 붙임성이 좋아 한때 격의 없이 지냈으나 졸업 후 서로 다른 진로를 걷다 보니 간간이 소식만 나누고 있었다. 그의 이름은 골동품시장에 꽤나 알려져 있었는데, 얼마 전 강남에 골동품 컬렉션을 개장하며 민 교수로부터 적지 않은 도움을 받은 모양이었다.

민 교수는 창가 쪽 원목탁자로 나를 안내하고는 두툼한 서류철과 함께 마시다 만 코냑 한 병을 내어왔다. 탁자 위에는 옻칠을 한 나무상자 두 개와 면장갑이 놓여 있었는데 얼핏 보아도 그 안에 든 게 무엇인지 짐작할 수 있었다. 민 교수는 서류철을 탁자 한쪽에 밀어

두고 술잔을 채워 내 앞에 내밀고는 자신의 잔에도 술을 따랐다. 단둘이서 술자리를 갖는 건 꽤 오랜만이었다. 내가 찰랑거리는 술에 입술만 적신 데 반해 민 교수는 술잔을 단숨에 꺾어 비웠다. 그러고는 곧바로 상자를 열어 보였다.

긴 상자에는 비교적 날의 보존 상태가 양호한 칼 한 자루와 칼집이 들어 있었고, 그보다 작은 또 하나의 상자 안에는 손잡이 끝에서 떨어진 것으로 추정되는 금으로 상감 처리된 용무늬의 고리와 희미한 글귀가 새겨진 금박이 놓여 있었다. 형태를 보건대 그것은 신라 하대에 제작된 환두대도(環頭大刀)가 틀림없었다. 민 교수는 탁자용 조명을 밝히고 돋보기를 내게 건네며 칼집 끝을 손가락으로 가리켰다. 금박이 떨어져 나간 자리에 투박하게 새겨진 희미한 글자가 보였다.

'我止羅王'

아지라왕? 명문이 생소한 걸.

그렇지.

민 교수가 조사한 바에 의하면 환두대도는 신라 하대의 진골 귀족 김주겸(金株謙)이라는 인물의 것으로 장항리 유적지 6호 고분의 주인이기도 했다. 그런데 아지라왕이라는 명문은 사서에서도 본 적 없는 낯선 이름이었다.

그래서 말인데, 자네의 도움이 필요하네.

민 교수는 여태 보아왔던 모습과 달리 사뭇 긴장한 듯 보였다. 내 시선을 의식하기라도 한 듯 그는 견과류를 담아놓은 나무그릇 속을 손가락으로 뒤적여 아몬드 두어 개를 집어 입에 털어 넣었다.

몇 해 전 임천 유역의 손곡리 유적지에서 선사시대부터 조선시대에 이르기까지 다양한 유물이 발굴되어 학계가 들썩인 적이 있었다. 그곳에서 신석기시대의 토기류를 비롯해 청동기시대의 석검과 석촉, 삼국시대의 분묘군, 고려시대와 조선시대의 유구와 약 1,000여 점의 유물 등이 출토된 것이다. 의아하게도 민 교수는 손곡리에 별다른 관심을 보이지 않았다. 아니나 다를까 얼마 지나지 않아 민 교수가 사비를 털어 손곡리 인근 지역인 장항리를 후벼 파고 다닌다는 소문이 돌았다. 농경지를 비롯한 사유지가 대부분인 장항리 일대의 발굴조사는 시작부터 순탄치 않았지만 민 교수는 개의치 않는 듯했다. 그때만 해도 민 교수의 조사에 관심을 갖는 이는 별로 없었다. 한참 후 손곡리에 비해 규모는 협소했지만 장항리에서 신라의 유물이 출토되었다. 민 교수는 어느 정도 예상한 일이었다고 말하면서도 흥분을 감추지 못했다.

장항리 유적지 심포지엄을 앞두고 민 교수의 입에서 김주겸에 관한 얘기가 나왔을 때만 하더라도 나는 그의 말이 사료를 무시한 비약적 발언에 지나지 않다고 여겼다. 그는 내 생각을 읽기라도 한 듯 심포지엄에서 김주겸에 대한 내용을 일절 언급하지 않았다. 나는 막연히 김주겸에 대해 실증할 만한 자료가 충분치 않을 거라 짐작했다. 설사 땅속에 파묻혀 있던 온갖 유물에서 수많은 정보를 얻어냈다고 해도 천 년 전에 살다간 인물의 생애를 조목조목 밝혀낸다는 건 결코 순탄한 작업이 아니었다.

그래, 내가 도울 일이라는 게 뭔가?

나는 환두대도에서 시선을 거두며 민 교수에게 물었다.

민 교수의 말인즉, 김주겸은 879년 있었던 신홍(信弘)의 모반 사건을 기획한 반역의 주역이라는 것이다. 나는 그의 말을 선뜻 이해할 수 없었다. 장항리 일대를 후벼 파서 얻어낸 결론이 고작 김주겸이라는 사람의 반란을 규명하기 위해서였단 말인가. 무언가 따로 꿍꿍이가 있어 보였다.

『삼국사기』권 11, 헌강왕 5년의 한 대목을 살펴보면 "6월에 일길찬(一吉湌) 신홍(信弘)이 반역하려다 복주(伏誅)되었다."라는 기록만 남아 있을 뿐 더 이상 구체적인 정황을 확인하긴 힘들었다. 다만 학계에 보고된 바에 의하면 신홍의 모반 사건이 신라 하대에 빈번했던 권좌를 탈취하기 위한 반란임은 분명했다. 일길찬이라는 직책을 보건대 신홍이 반란을 일으킬 만한 병권을 장악하고 있었다는 사실은 어렵지 않게 짐작된다. 그러나 세가 기울어가는 신라 하대에 모반은 그다지 새로운 내용이 아니었다. 다만 이전에 있어왔던 권력 지향적 반란이 하대로 가서는 민심의 동요와 지방 호족 세력과 결탁된 양상으로 확대되었다. 이러한 내용을 토대로 나는 민 교수에게 신홍의 반란에 연루된 인물이 있다면 예겸(乂謙)이 아니겠냐며 반문했다. 대아찬 시중이었던 예겸이 헌강왕 6년에 사직되었고, 몇 년 뒤 신덕왕조에 이르러 다시 그의 이름이 등장하므로 신홍이 예겸과 연루하여 모반을 일으켰다는 학설은 소수 의견이 아니었다. 그런데 민 교수의 견해는 전혀 달랐다.

경주에서 신홍과 결탁해 왕위를 찬탈하기 위해 기회를 엿보던 김주겸의 실체를 확인할 수 있는 결정적인 증거를 확보했다는 것이다. 바로 임천 상류의 용유담 인근에서 발견했다는 비명(碑銘)의 일부가 그것이었다. 민 교수는 여러 시일에 거쳐 비명의 조각들을 수습한 결과 그것들은 김준(金峻)이 작성한 게 틀림없다고 했다. 그가 언제 비명을 수집한 것인지는 모르겠지만 비장한 표정을 보니 그 밖에도 몇몇 단서를 확보해놓은 듯했다.

김준, 내가 알기로 그는 최치원(崔致遠)과 각별히 교유했던 진골 귀족이었다. 민 교수가 해석한 비명의 내용인즉, 스스로를 '아지라 왕'이라 칭했던 김주겸의 모반 내용이 적시되어 있다는 것이다. 그러니까 장항리 유적지 6호 고분에서 발굴된 환두대도와 김준이 작성한 비명은 김주겸의 행적을 입증할 연결고리이자 결정적인 자료가 되는 셈이다. 그렇다면 민 교수는 왜 심포지엄에서 그러한 연구 성과를 밝히지 않았던 걸까?

그는 면장갑을 끼고 두 손으로 떠받들 듯 칼을 들어 올렸다.

어쩌면 바로 이 칼에 의해 누군가의 목이 달아났을지도 모르지.

그 칼이 왕의 목이라도 쳤단 말인가?

아니, 그보다 더 위험했던 인물.

나는 그가 겨냥하는 인물이 누군지 어림짐작조차 할 수 없었다.

그게 누군가?

누구보다 자네에게 각별한 사람이지.

그는 자신의 빈 잔에 코냑을 따르며 말했다.

민 교수가 궁극적으로 입증하려는 게 무엇이든 간에 너무나도 허황되어 보였다. 그러니까, 그는 최치원의 살해설을 제기하는 중이었다. 나는 내심 콧방귀를 뀌었다. 비명 몇 조각에 새겨진 글자와 녹슨 칼 한 자루로 천 년도 더 지난 일의 전말을 밝혀내겠다?

논리적 결함을 충분히 따져봤는지 모르겠군.

나는 넌지시 그를 떠보았다. 고작 유물 몇 점만으로 이미 흘러온 역사의 물줄기를 바꾸는 것은 결코 순탄치 않은 작업이었다. 검증 또한 모든 분야를 망라해야 했다. 한껏 달떠 있던 그는 끙, 하고 짧게 신음을 내뱉더니 손가락으로 두어 차례 탁자를 두드렸다.

그래서 자네 도움이 필요하다고 한 게 아닌가.

땡그랑거리는 풍경소리에 나도 모르게 창밖으로 시선이 가닿았다. 빗방울이 굵어지는가 싶더니 어느새 폭우가 쏟아지고 있었다. 연못가의 수풀 아래로 숨어든 들고양이 한 마리가 잔뜩 웅크린 채 연못을 노려보며 있었다.

민 교수의 말마따나 내게 있어서 최치원은 어느 누구보다도 각별한 인물이었다. 중학교에 입학할 무렵 위인전집을 통해 최치원의 생애를 처음 접한 이후 나는 그에게 흠뻑 빠져들었다. 당대 최고의 천재가 당나라에서 이름을 떨치고 돌아와 쓰러져가는 왕국을 일으켜 세우기 위해 악전고투하다가 끝내 뜻을 이루지 못한 채 산속에 은거해 신선이 되었다는 얘기에 매료된 나는 가슴이 저미기까지 했다. 어쩌면 그 시절의 나는 조금 조숙했는지도 모르겠다. 또래 아이들은 쉬는 시간마다 교실 뒤편에서 중국 무술영화의 주인공을 조잡하게 흉내 내곤 했는데 그만큼 유치한 짓도 없다고 여겼다. 나는 전설에 나오는 모든 신선들이 또 다른 최치원일지 모른다는 상상을 펼치곤 했고, 한 위인의 신비로운 생애를 아무도 모르게 혼자서만 독차지하고 싶었다. 그래서 그와 관련된 책들을 차곡차곡 탐독하며 사학자의 꿈을 향해 한 발 한 발 다가갔다. 대학원 동료들은 내가 아내보다 최치원을 더 사랑하는 게 아니냐고 이따금 놀려대곤 했지만 썩 듣기 싫은 소리만은 아니었다. 하지만 최치원에 대한 연구로 박사학위를 취득한 이듬해 나는 진로를 다소 수정할 수밖에 없었다. 모교에 자리를 마련해주겠다던 지도교수가 중국에서 실종된 게 바로 그 무렵의 일이었다. 만약 그때 모교에 둥지를 텄다면 연구에 매진하는 게 한결 수월했을지도 모르겠다. 하지만 최치원에 대한 내 열정만큼은 변함이 없었고, 언제 어디에서건 최선을 다한다면 최고의 전문가가 될 거라 믿어 의심치 않았다.

그 후 나는 사설 고고학연구소에 적을 두고, 여러 기관의 문화콘텐츠 발굴 사업 자문을 병행해왔다. 몇몇 지역에서는 문화콘텐츠 발굴 사업 일환으로 유적지를 복원하거나 역사 속 위인을 매개로 하여 테마공원 조성에 적지 않은 예산을 쏟아붓고 있었다. 그 덕분에 나는 비정기적이긴 했지만 자문을 통한 부수입을 얻을 수 있었다. 그중 최치원에 대한 자문 요청은 꽤 많은 편이었다. 그도 그럴 것이 최치원에 대한 유적은 고대의 다른 인물들에 비해 근무처나 연고지역, 영정의 봉안처, 설화지역 등 전국 각지에 다양하게 남아 있었다. 아울러 그에 관한 저술이나 후대의 사서와 문집 등과 같은 사료 또한 풍부해서 부가가치를 생산할 수 있는 유용한 콘텐츠였다. 물론 내가 지역자치단체에서 주관하는 문화콘텐츠 발굴 사업의 타당성까지는 판단할 수 없다. 하지만 사학자로서 후세에 왜곡된 역사가 답습되지 않도록 매 순간 최선을 다해 사료를 검토하고 고증에 임했다고 자부할 수 있다.

사실 신라와 당나라를 오갔던 최치원의 행적이나 전국 각지에 분포해 있는 유적과 행장을 살펴보면 연구자의 접근방법이나 전공 분야가 다양할 수밖에 없었다. 그래서 간혹 어떤 연구자들은 가설을 잘못 세우는 바람에 엉뚱한 결론에 도달하기도 했다. 민 교수의 접근 방식도 그들과 별다를 바 없었다. 일례로 최치원이 쓴 것으로 전해지는 다수의 금석문과 그와 관련된 지명이 남아 있는 한 지역에서 최치원 전(傳)에 언급된 무덤 하나를 조사한 적이 있었다. 아니나 다를까 그 무덤은 조선시대 후기에 조성된 것으로 최치원과는 무관한 것으로 밝혀졌다. 설화의 경우 와전의 가능성이 다분하여 고

중하는 작업 또한 만만치 않았다. 또 다른 경우로『삼국유사』의 기록을 근거로 최치원이 경주 출신이라고 보는 견해에 반해 군산 일대에서 출생했다는 설에 대한 연구 결과도 나와 있었다. 누군가 당사자의 행적을 주도면밀하게 파헤쳐보았다고 해도 사실이 무엇인지는 확인하기 어려웠다. 이는 연구 목적이나 성과는 제각각이지만 오늘날에도 최치원에 대한 연구자들의 관심이 유다르다는 반증이기도 할 터, 그런 만큼 보다 철저한 고증이 요구되었다. 특히 최치원이 당나라에서 귀국한 이후 말년의 행적은 베일에 싸여 있었는데, 과학이 발달한 오늘날이라 해도 천 년 전의 실종사건을 낱낱이 추적해 밝혀내기란 결코 쉬운 작업이 아니었다. 그럼에도 불구하고 민 교수는 난데없이 나타난 인물의 유물 몇 점만으로 뚱딴지같은 논리를 펼치려고 하니 우려스러울 수밖에.

자네가 최치원의 마지막 행적을 정리해보는 건 어떻겠나?

민 교수는 김준겸의 칼이 최치원의 목을 쳤을 거라고 가정했다. 아니, 거의 확신하고 있는 듯했다. 최치원에 대해서라면 오랜 기간 천착해온 연구 분야이긴 했지만 그의 제안을 어떻게 받아들여야 할지 실로 난감했다. 고작 환두대도 한 자루와 몇 조각의 비명만으로 최치원의 살해설을 입증하겠다는 건 억측이나 다름없었다. 설령 그 이상의 단서가 있다 하더라도 최치원의 마지막 행적을 밝혀낸다는 건 불가능한 일에 가까웠다.

내가 공부가 부족해서 말이야…….

나는 더 이상의 논의가 소모적이라 생각해서 얼렁뚱땅 둘러대고
자 했다.

겸손이 지나친걸.

민 교수는 실없이 웃음을 흘렸다. 그러고선 생뚱맞기 그지없는
김주겸이라는 인물의 행적에 대해 거침없는 장광설을 늘어놓았다.
그렇지만 내 안에선 의구심만 더해갔다. 사서에 기록되어 있지 않
는 인물이니만큼 보다 철저히 검증을 해야 할 텐데 어찌된 영문인
지 민 교수는 잔뜩 격앙되어 있었다. 심지어 민 교수가 김주겸에게
너무 함몰된 나머지 섬망 상태로 빠져드는 건 아닐지 걱정스럽기까
지 했다.

도대체 민 교수가 원하는 결론은 무엇일까.

어느 틈에 이견을 제기해야 할지 기회를 엿보던 찰나 민 교수의
휴대폰이 울렸다. 이준하로부터 걸려온 전화였다. 그는 이제 막 퇴
근하고 나설 채비를 하는 모양이었다.

민 교수의 말에 따르면, 신홍의 모반 사건이 실패로 돌아가고 김
주겸은 한동안 잠적할 수밖에 없는 상황이었다. 민 교수는 그에 대
한 근거로 당시 김주겸에 대한 구체적인 기록이 전무하다는 걸 이
유로 들었지만 전혀 납득할 수 없었다. 그건 근거가 아니라 궤변이
었다. 또한 김주겸이란 자가 실존했더라도 육두품에 불과했던 최치
원이 과연 그에게 위협적인 존재였을까, 라는 점 역시 의문이었다.

하지만 나의 이런 논박에도 불구하고 민 교수는 주장을 굽히지 않았다.

김주겸이 909년경 또 한 번 반란을 도모했다는 것인데, 이번엔 왕경이 아닌 지리산 일대의 산간분지였던 천령(天嶺) 일대에서였다. 그 지역은 높은 산으로 둘러싸여 있어 은밀하게 근거지를 구축해 세력을 모으기에 용이했을 것으로 유추되는 바, 그에게 모반을 꾀할 또 한 번의 기회가 찾아온 것은 최치원이 천령군 태수로 부임하던 시기였다. 일찌감치 최치원의 능력을 눈여겨보던 김주겸은 당대 최고의 천재를 포섭하려 했다는 것이다.

최치원이 태수로 부임했던 그 지역은 나도 몇 해 전에 가본 적이 있었다. 천연기념물로 지정되어 있는 '상림(上林)'에 최치원 테마공원을 조성하기 위해 지역자치단체에서 고증 작업을 요청해왔기 때문이다.

여러 문헌을 종합해 보건대, 시기는 명확하지 않으나 최치원이 천령군 태수로 봉직한 것은 틀림없었다. 우선 최치원이 귀국 당시 맡게 된 '한림학사(翰林學士)'라는 직함과 연관된 '학사루(學士樓)'가 오늘날에도 그 고장에 남아 있었다. 뿐만 아니라 일본 동양문고에 소장된 『가야산해인사고적(伽倻山海印寺古籍)』에는 해인사의 희랑(希郎)에게 보낸 최치원의 시가 실려 있는데 '방로태감(防虜太監) 겸 천령(天嶺)군수'라는 직함을 사용하고 있었다.

한데 김준의 비명에도 역시 최치원이 천령 태수로 봉직한 내용이 기록되어 있는 모양이었다. 민 교수가 또 하나 주목한 지점은 '상림'이었다. 지난날 '대관림(大舘林)'이라 일컫던 그 숲은 최치원이 천령 태수로 있을 때 수해를 막고자 조성한 것으로 알려져 있는데 현재 절반 이상이 소실되고 13헥타르가량 남아 있었다. 민 교수의 말인즉, 그 숲을 조성할 때 김주겸의 병력이 투입되었다는 비명의 내용으로 미루어보아 당시 두 사람 사이에 적잖은 교류가 있던 것으로 추정된다는 것인데.

그렇다면 최치원은 신홍의 모반을 기획했던 김주겸의 실체를 몰랐다는 얘긴가.

민 교수의 추측으론 그랬을 가능성이 높다는 것이다. 그가 조사한 바에 의하면 김주겸은 배후에서 내밀하게 실력을 행사하던 인물로 당시에 득세가도를 누리던 지방 호족과는 달리 음험하고도 교활했으며, 철저히 자신의 저의를 숨긴 채 최치원에게 접근했을 거라고 내다보았다.

그렇지만 조림공사가 끝날 무렵 최치원도 눈치를 채지 않았을까? 자네도 알다시피 최치원은 그다지 호락호락한 인물이 아니었을 텐데.

민 교수는 홀짝이던 술잔을 느긋하게 탁자에 내려놓았다.

그랬을 수도 있겠지. 그리고 어쩌면 황소를 글로써 물리쳤던 젊은 시절의 기개가 작동했을지도 몰라. 하지만 나는 그게 바로 최치원의 한계라고 보네. 한낱 육두품에 불과했던 그가 그때까지도 쓰러져가는 왕국을 일으켜 세울 궁리를 하고 있던 거였지. 어찌 보면 그만큼 순수했던 위인도 없었을 거야.

민 교수의 주장이 사실이라면 모름지기 최치원의 기질이 모리배나 다름없는 김주겸과 충돌했을 거라는 추측이 섣부른 것만은 아니었다. 최치원은 김주겸을 예의주시했을 것이고, 속내를 들킨 김주겸 역시 가만있을 리 없었을 것이다. 하지만 민 교수의 주장을 너그럽게 받아들여도 최치원의 천령 태수 시절 이후에 두 사람의 접점은 묘연했다. 비명에 적혀 있다는 '최(崔)'와 '해(害)'와 같은 글귀 따위로 최치원이 살해되었다고 보는 건 그야말로 비약이었다. 민 교수 역시 그 지점에서 신중을 기하는 듯했으나 그의 얼굴만큼은 확실한 물증을 쥔 것처럼 자신만만한 표정이었다.

창밖엔 거세게 폭우가 몰아치고 있음에도 불구하고 유리창 방음이 완벽한 탓에 빗소리는 들리지 않았다. 그런데 귓속에선 환청처럼 풍경소리가 울리고 있었다. 실내를 둘러보아도 소리가 날 만한 물건은 없었다. 나는 민 교수에게 풍경소리가 들리지 않느냐며 물어보려다가 단순한 이명인 듯싶어 관두었다. 게다가 화제를 돌리는 것도 적절치 않을 듯하였다. 나는 코냑을 한 모금 삼켰다. 연구자로서 균형을 유지해야 할 때는 바로 그와 같은 경우가 아닐까. 섣불리 동조하거나 아니면 이견을 제기하기보다 가급적이면 민 교수가 밝혀낸 김주겸의 행적을 마저 들어보는 게 나을 듯싶었다. 그러다 보면 하나둘씩 허점이 드러나기도 할 테니까. 김준의 비명은 그다음 확인해도 늦진 않았다.

숙위학생(宿衛學生)으로 당나라에서 유학한 최치원이 빈공과에 급제한 나이는 18세, 「격황소서(檄黃巢序)」와 같은 명문으로 이름을 떨친 그는 헌강왕 11년인 885년 3월에 귀국해 『계원필경(桂苑筆耕)』을 편집하여 이듬해에 정강왕에게 올렸는데, 김주겸이 최치원을 눈여겨보았다면 아마 그 무렵이었을 것이다. 이후 최치원은 진성왕에게는 개혁을 건의하는 시무책을 올려 육두품으로선 최고 관직인 아찬의 벼슬을 받았으니 진골 귀족의 시기와 견제를 받은 건 당연한 일, 김주겸은 서서히 최치원과 물밑 접촉을 시도한다. 봇물이 터진 듯 전국 각지에서 내란이 일어났고, 지방 호족들마저 득세하여 신라는 급속도로 붕괴되던 중이었다. 경문왕계 마지막 혈족인 진성왕이 마지못해 양위하고, 김주겸은 노골적으로 본색을 드러낸다. 한편 최치원은 돌연 관직을 버리고 은거하기로 결심한다. 정치적 후견인이 없는 상황에서 그 역시 신분의 한계와 절망감을 느꼈을 게 분명하다. 여기까지의 민 교수 분석은 그럭저럭 납득할 만했다. 문제는 그 다음이었다.

기록에 따르면 최치원은 이후 각지를 소요하다가 가야산에 은거했다. 『동문선(東文選)』에 남아 있는 '팔각등루기(八角燈樓記)'의 내용으로 추측컨대 최치원은 최소 908년까지는 생존해 있었다. 다만, 사망 기록은 어디에도 없었다. 최치원에 대한 많은 사료와 설화가 오늘날까지 전해져 있음에도 불구하고 유독 말년에 관해서만큼은 자료가 빈약한데 그로 인해 그의 은둔설이 기정사실화되었다. 물론 사료상에 존재하는 빈틈은 후대로 구전된 설화가 어느 정도 메우고 있었다. 가령 이인로의 『파한집(破閑集)』에 싣고 있는 전설의 한 대목이나 고문헌의 기록을 해석한 것들 역시 거기에 해당된다. 이에 대해 민 교수는 딴소리를 하며 이죽거렸다.

그런데 말이야, 최치원이 속세를 버리고 은둔을 했다거나 신선이 되었다는 그 얘기 말이네, 그건 고전에서나 다룰 만한 우스갯소리가 아닌가.

나도 모르게 얼굴이 화끈 달아올랐다. 그의 말인즉 후대 사가들의 경솔함으로 인해 천재로 이름을 떨쳤던 한 사람의 생애를 실종시켰다는 것인데, 오늘날 남아 있는 사료가 그뿐인 건 내 책임이 아니었음에도 불구하고 묘하게도 그의 말끝은 나를 겨냥하는 것 같아 불쾌했다.

기왕 말이 나왔으니 『파한집』에 언급된 한 대목을 들추어 보세. 가야산에 숨은 최치원이 어느 날 아침 관(冠)과 신발만을 수풀 사이에 버려놓은 채 감쪽같이 사라져 신선이 되었다고 얘기하는데, 어째서 그럴 수 있겠냐는 말이지. 그래, 혹자는 그러한 내용을 두고 자살을 하지 않았을까 추측하기도 하더군. 그래, 그렇다고 쳐. 하지만 그건 너무나 빤한 픽션이지 않는가. 우리 같은 사람이 그런 허무맹랑한 이야기에 오락가락해서야 되겠나? 나는 보다 논리적면서 실증적인 태도로 접근해보고자 하네. 다시 말해 후대의 사람이 그러한 글을 남긴 배경이 무엇인지, 연유를 캐내야 한단 말이지.

그래서 어떻게 하겠다는 건가?

일전에 자네가 보았던 미라를 기억하나?

민 교수는 팔짱을 긴 채 희미한 미소를 머금었다. 나는 무심코 오목이 팬 그의 인중을 보았다. 전에도 인중이 저렇게 길고 짙었던가. 어쩐지 민 교수의 얼굴이 낯설어 보였다.

자넨 그게 누구라고 생각하나?

나는 민 교수의 미소가 의미하는 게 무엇인지 파악하기 힘들었다. 거들먹거리는 그의 표정으로 보아 나를 떠보는 수작 같지는 않았다. 그는 탁자 한쪽에 밀어두었던 서류철에서 미라 연대 측정 결과를 꺼내었다.

이걸 한번 보게.

나는 그 어느 때보다 가슴이 세차게 두방망이질 치는 걸 느꼈다. 거기에 적힌 세 글자의 이름은 나를 혼란의 구덩이 속으로 밀어 넣었다. 민 교수는 『파한집』에는 언급되지 않은, 김준의 비명에서 유추한 자료를 토대로 정리한 자신의 견해를 백지 위에 그려가며 설명했다. 거기에는 맨발 차림의 한 사람이 자객들에게 쫓기고 있었다. 바로 김주겸이 보낸 자객들에게 말이다.

민 교수의 논리는 의외로 촘촘했다. 환두대도와 비명의 내용, 그리고 미라의 주인은 완벽한 삼각구도를 이루어 최치원의 숨겨진 말년을 들추어내고 있었다. 나는 그의 논리를 부인하고 싶었지만 마땅한 반론을 찾을 수 없었다. 머릿속이 새하얘진 기분이었다. 만약 그의 주장이 사실로 입증된다면 최치원은 권력에 눈먼 귀족에게 희생된 피살자가 되고, 김주겸이란 이름은 탐욕의 화신으로 재조명받게 될 것이다. 가히 학계엔 일대 파란이 예상되고도 남을 일이었다. 녹슨 칼 한 자루와 비명 몇 조각에 의해 기존에 나와 있던 수많은 연구물들은 빛을 바랠 것이고, 천 년이 넘는 세월 동안 신선으로 살아온 최치원은 미라 신세로 전락해 박물관에 누워 있게 될 것이다.

자네가 설화 너머의 사실만 입증해주면 되는데.

민 교수는 상자 뚜껑을 조심스럽게 덮으며 덧붙였다.

어때? 같이 가보겠나?

그는 자신만만해 보였다.

그다음은 어떻게 되는 거지?

나만 따라오면 되네. 나머지는 내가 알아서 할 걸세.

민 교수는 내가 갈 길을 미리 마련해놓은 것처럼 보였다. 그가 나를 초대한 진짜 이유는 이거였을까. 문득 민 교수에게 가설을 입증할 만한 단서를 제공한 인물이 이준하일지도 모른다는 생각이 들었다. 그렇다면 박 교수는 나를 공모에 가담시키기 위한 구실이었을 뿐 구태여 모임에 참석할 이유는 없었을 것이다. 민 교수는 꽤나 치밀하게 일을 준비해온 듯했다. 이제 그들과 손을 잡아야 할지 말아야 할지 공은 내게로 넘어온 셈이었다. 홀짝이던 코냑은 어느새 바닥이 드러났고, 나는 대답을 미룬 채 화장실을 다녀오겠다며 자리에서 일어났다.

그날, 화장실 거울 앞에서 본 내 얼굴이 어떠했는지 정확히 기억나지는 않는다. 언제부턴가 나는 갈피를 잡지 못한 채 허둥거리고 있었다. 다시 원목탁자 앞으로 돌아오며 나는 소파에 등을 파묻은 채 비 내리는 창밖 풍경이나 감상하며 조금은 느긋한 기분으로 민교수와 이런저런 싱거운 얘기나 주고받으면 좋겠다는 생각을 했던 것 같다.

민 교수는 내가 오길 기다렸다는 듯이 두 개의 상자를 조심스레 포개어 양손으로 받쳐 들고 자리에서 일어났다.

함께 가보지 않겠나?

민 교수는 동소전으로 이어진 통로를 향해 앞장섰다. 마음 한구석에 작은 동요가 일었다. 문득 민 교수와 한배를 탄 내 모습이 머릿속에 스쳤다. 나는 짐짓 덤덤한 체하며 그를 뒤따랐다.

넝쿨이 휘감고 있는 통로에는 후각이 마비될 정도로 짙은 풀냄새가 배어 있었다. 마치 깊은 숲속에 들어선 듯한 착각을 불러일으켰다. 민 교수는 동소전에 들어서자마자 내게 면장갑을 건넸다. 내 손은 미세하게 떨렸지만 다행히 민 교수는 눈치채지 못한 것 같았다. 나는 길게 숨을 들이마셨다가 천천히 내뱉었다.

민 교수는 비명 조각을 덮어둔 검은 천을 들추었고, 상자에서 환두대도를 꺼내어 선반 위에 조심스레 내려놓았다.

여길 보게.

민 교수는 비명 조각 하나를 가리켰다.

조금만 더……

목소리가 갈라져 나는 헛기침을 두어 번 내뱉고선 되물었다.

좀 더 자세히 볼 수 있을까?

민 교수는 핀 조명을 밝혀주었다. 나는 끝이 뾰족한 비명 조각 하나를 쥔 채 유심히 돌려 보았다. 거기엔 희미한 글자가 새겨져 있었는데, 광기에 사로잡힌 자객들에게 쫓기는 한 사람의 모습이 보였다. 가슴이 세차게 두근거렸다. 부엉이가 숨이 차도록 울어대는 까만 저녁이었다. 그는 밥 짓는 냄새가 켜켜이 고여 있는 계곡을 벗어나 수풀을 헤치며 능선을 향해 힘껏 달아나는 중이었다. 저 멀리 산 아래 절에서 은은한 종소리가 울렸고, 바람이 불 때마다 오래된 소나무의 가지가 소스라치게 떨렸다. 그의 머리카락은 풀어헤쳐졌고 발바닥은 갈기갈기 찢어져 있었다. 한평생 책을 벗 삼아온 그의 손발은 연약했다. 목덜미에서 흘러내린 피가 도포를 붉게 적셨고, 결국 그는 힘없이 바닥에 고꾸라지고 말았다.

어느새 내 두 손엔 땀이 흥건히 배어 있었다. 그가 입은 상처가 내 것처럼 쓰렸다. 그를 일으켜 세워주고 싶었다. 그래서 아무도 찾아낼 수 없는 깊은 산속으로 달아날 수만 있다면. 하지만 그는 의지가지없이 애처로운 모습으로 내 앞에 쓰러져 있었다. 얼마나 그를 보고 싶어했던가. 나는 회색 석관을 향해 조심스럽게 발걸음을 옮졌다. 석관 안에는 담대하고 명철했던 당대 최고의 지성인이 반듯하게 누워 있었다. 그 앞에서 나는 고개를 숙였다. 그러고는 그의 주름진 얼굴과 앙상한 손을 어루만졌다. 그의 몸은 따뜻했다. 아니, 뜨거웠다. 나는 두 눈을 감고 굴곡진 그의 생애를 되짚었다. 그가 감내했을 정신적 고통이 내 몸에 서서히 스며드는 게 느껴졌다. 두 방망이질 치던 나의 가슴은 어느새 축축하게 젖어 있었다.

나는 지금껏 무얼 위해 살아온 걸까.

정수리가 뜨거워졌다. 정수리부터 시작된 열기는 이내 온몸을 휘감았다. 나도 모르게 신음이 새어 나왔다. 목덜미가 뻣뻣해지는가 싶더니 묵직한 통증이 팔다리로 퍼져 나갔다. 그건 살아오는 동안 한 번도 느껴보지 못한 감각이었다. 이어서 낯선 기운이 재빠르게 내 몸을 훑고 지나갔다. 나는 눈을 떴다. 그 순간 나도 모르게 비명이 터져 나왔다. 내 앞에 김주겸이 서 있었다. 모골이 오싹해졌다. 나는 헛것을 보고 있다고 생각했다. 하지만 그는 칼을 뽑아든 채 나를 향해 성큼 다가왔다. 아지라왕, 명문이 새겨진 바로 그 칼이었다. 나는 망연히 칼날을 바라보았다. 그의 얼굴에 섬뜩한 미소가 스쳤다.

자네 괜찮나?

그가 나를 향해 손을 내밀었다.

손대지 마!

나는 뒷걸음치며 소리쳤다.

그저 옳고 그른지를 따져보자는 것뿐이네.

그 허튼수작을 내 모를 줄 알고.

나는 주먹을 불끈 쥐었다. 지난날 무장봉기한 황소를 글로써 물리친 기개도, 왕명을 받들어 지은 비문도, 경륜을 펼쳐 보이고자 했던 문장도, 서슬 퍼런 칼날 앞에선 무용지물이었다. 나에겐 더 이상 그에게 대적할 힘이 없었다. 어쩌면 처음부터 이렇게 될 일일지도 몰랐다. 지금껏 내 모든 것을 다 바쳐 헌신하였건만, 대체 내가 왜 이 꼴을 당해야만 한단 말인가. 나는 어금니를 악물었다. 이윽고 칼날이 번쩍거렸다. 잔잔한 바람이 일고 흙 비린내가 났다.

대체 왜 이러는 거야?

그가 나의 어깨를 잡고 흔들었다. 하지만 눈꺼풀은 점점 무거워졌다. 무어라 말하고 싶었지만 차마 입이 떼어지지 않았다.

우리의 왕국은 어디서부터 잘못된 것일까, 어찌 됐건 사람들에게 내 꼴이 우스꽝스러워 보이지 않았으면, 그런 생각을 했던 것 같다. 희한하게도 저 아래 산사에서 풍경이 흔들리고 있는 소리만은 또렷했다. 비바람이 불고 있던 모양이었다.

분홍색 고래

애석하게도 꿈속에서 기다리고 있다는

설원으로 당신은●

대학 시절 무전 교신 동아리에서 처음 만난 윤주 선배는 말수가 적고 어떤 얘기든 묵묵히 듣기만 하는 스타일이었다. 얼마나 말수가 적었던지 무전 교신을 하는 동안에도 커다란 가방을 끌어안은 채 상대의 얘기를 듣고만 있어서 동아리 사람들은 무전 교신기가 고장 난 줄 알았다며 우스갯소리를 했다. 이 년 가까이 동아리방을 들락거렸지만 윤주 선배와 대화를 나눈 건 손꼽을 정도였다. 우연히 교정에서 마주친 선배에게 먼저 다가가 안녕하세요, 하고 인사하면 선배는 고개만 꾸벅 숙이고는 발걸음을 옮겼다. 그런 탓에 도서관 구석 자리에 앉아 책을 뒤적거리고 있거나 귀에 이어폰을 꽂은 채 플라타너스 그늘 아래에 앉아 있는 선배의 모습을 보더라도 모른 척하고 지나치기 일쑤였다.

● 홍지호의 시 「자장」 중에서

선배에게 어떤 매력이 있었나 생각해보면 딱히 떠오르는 게 없다. 선배는 지극히 평범했고, 별다른 취미도 없어 보였다. 선배의 운동화 뒷굽은 늘 닳아 있었고, 나는 그게 선배의 전공과 무관치 않을 거라고 제멋대로 추측하곤 했다. 가만 생각해보면 선배가 어떤 사람인지 궁금하기도 했던 것 같다. 하지만 그게 어떤 감정에서 비롯된 것인지는 불분명했다.

지리학을 전공한 선배는 졸업 이후 더 이상 교정에서 볼 수 없었다. 막연히 관련 분야를 연구하거나 교직으로 나가겠거니 짐작했다. 여러 번 계절이 바뀌고 몇 해가 지나면서 윤주 선배는 조금씩 내 기억 속에서 작아지고 있었다. 그런 줄로만 알았다.

지난해 늦은 가을 나는 지도교수의 소개로 한 구술연구단체에서 일하게 되었는데, 구술집 시리즈 발간을 위해 각종 인터뷰 자료와 연구자 목록을 정리하던 중 우연찮게 윤주 선배의 이름을 발견했다. 처음엔 동명이인인가 싶었다. 의아한 생각에 인터뷰어의 프로필을 살펴보니 선배가 틀림없었다. 연구자에 따라 전공이 상이한 경우가 있긴 했지만 구술연구 쪽은 선배의 전공과는 너무 동떨어진 분야였다. 그런데 카메라와 녹음기를 챙겨들고 전국 곳곳을 헤집고 다니는 선배의 모습을 상상하자 슬그머니 미소가 지어졌다. 구부정한 노인 앞에 앉아 묵묵히 이야기를 받아 적고 있을 선배의 모습이 어딘지 모르게 낯익으면서 꽤나 잘 어울릴 것 같다는 생각이 들었다. 나는 반가운 마음에 윤주 선배에게 전화를 걸어볼까 하다가 이

내 마음을 접었다. 사실 따지고 보면 함께 동아리 활동을 했다는 것 외에는 선배와 그 어떤 공감대도 없었다.

선배와 함께한 공동연구자가 개인 신상 문제로 더 이상 연구를 진행할 수 없다는 의사를 밝혀온 건 그로부터 열흘쯤 지난 후였다. 창밖의 잿빛 하늘을 바라보며 첫눈이라도 내렸으면, 하고 생각하던 오후였다. 윤주 선배는 나의 지도교수와 함께 연구소를 방문했다.

전에 한번 말씀드렸죠.

지도교수는 윤주 선배에게 나를 소개했다. 윤주 선배의 입가에 희미한 미소가 스쳤다. 나는 얼떨떨하게 선배와 악수를 나눴다. 선배의 손은 작고 따듯했다. 선배는 커프스단추가 돋보이는 정장 차림을 하고 있었지만 뒷굽이 닳은 운동화는 여전했다. 지도교수는 우리가 구면이라는 사실을 알고선 연구가 순조롭게 진행될 것 같다며 기대감을 내비쳤다.

다음 날, 윤주 선배는 그동안 연구한 몇몇 자료를 내게 메일로 보냈다. 우리는 파트를 나누어 자료를 정리했다. 보충 자료에 대해 논의를 할 때에도 별다른 이견이 없었다. 윤주 선배와 팀워크는 나쁘지 않은 편이었다. 나는 선배와 함께 일하는 게 즐거웠다. 적어도 한 노인을 만나기 전까지는 그랬다.

윤주 선배는 반 년 전부터 진행해온 인터뷰 건에 대해 두세 차례 보완 작업이 필요하다며 메일로 내 일정을 물어왔다. 나는 달력을 보며 적당한 날짜를 고른 뒤 곧장 답장했다. 그리고는 인터뷰를 마치고 함께 저녁식사를 해도 좋을 것 같단 생각에 인터뷰 장소 근처의 음식점과 카페를 검색해두었다.

선배가 메일에 첨부한 구술 자료에는 한 사람의 생애가 일목요연하게 정리되어 있었다. 가계도는 물론 연보까지 소상하게 기록되어 있었고, 연별 대조표를 통해 굵직한 역사적 사건과 노인의 생애를 비교해서 살펴볼 수 있도록 구성되어 있었다. 선배의 발품과 정성이 고스란히 느껴지는 자료였다.

노인의 이름은 김영호였다. 서문에 따르며 아흔을 훌쩍 넘긴 그는 구술 자료 채집 기간 중 아내와 사별했으며, 그 후 서울의 둘째 아들 내외와 함께 지내다가 근래 성북구에 위치한 요양원으로 거처를 옮겼다고 한다. 구술집 시리즈의 여러 주인공들과 마찬가지로 그는 부침한 생애를 살아온 인물이었다. 일제강점기에 태어나 불운하게도 징용을 다녀왔으며, 첫째 아들이 태어날 무렵엔 전쟁이 터져 피난 생활을 해야 했다. 슬하에 오남매를 두었으나 그중 하나는 돌을 넘기지 못하고 세상과 등졌으며, 남은 자식들은 목수 일을 하며 키워냈다. 요양원 보호자로 등록되어 있는 둘째 아들로부터 건네받았다는 사진과 각종 문서들은 신빙성을 더해주었다. 그런데 요양원으로 거처를 옮긴 이후 진행한 인터뷰 자료부터 뭔가 석연치 않았다. 거기서부터는 기존의 서술 방식과 달리 문답식으로 구성되어 있었는데 꽤나 어수선해 보였다. 구술 자체가 중언부언해 보이는 건 차치하더라도 앞선 진술과 상반되는 내용도 군데군데 눈에 띄었다. 윤주 선배가 두세 차례 인터뷰를 더 진행해야 한다고 말한 이유는 아마도 그 때문인 듯했다.

그땐 읍내에서 한두 명쯤은 축지법을 했었지요.

김영호 씨는 오랫동안 꽁꽁 숨겨두었던 이야기라며 당시 상황을 부연했다. 그 자료에는 무협소설에서나 나올 법한 황당무계한 이야기가 기록되어 있었다. 나도 모르게 피식 코웃음이 터졌다. 구술사를 연구해오며 허풍이나 두서없는 얘기들을 숱하게 들어온 터라 새로울 것도 없었다. 고령의 노인들과 인터뷰를 하다 보면 논지에서 벗어난 이야기를 듣게 되거나 엉뚱한 상황에 직면하는 경우가 비일비재했다. 일테면 일제의 무자비한 공출에 대한 이야기를 하다가 느닷없이 자식들이 학창 시절에 받아왔다는 상장을 보여주는가 하면, 한국전쟁 시기 피난지에서 겪은 이야기를 꺼내는가 싶더니 뜬금없이 밥은 먹었냐며 밥상을 차리거나 텃밭에 나가 상추며 고추를 따다가 봉지에 담아주는 노인도 있었다. 그런 경우 보통은 인터뷰어가 재량껏 상황을 정리하거나 논점을 환기시키곤 했는데, 요양원에서 진행한 김영호 씨의 인터뷰는 그러한 필터링을 전혀 거치지 않은 것처럼 보였다.

그의 얘기엔 논리적 모순이 한두 군데가 아니었다. 그래서 어쩌면 그가 치매를 비롯한 노인성 질환을 앓고 있을지도 모른다고 생각했다. 그렇다면 더 이상의 인터뷰는 무용했다. 하지만 며칠 후 요양원을 방문하기 전 돈암동의 한 카페에서 만난 윤주 선배는 내가 가진 의구심에 선을 그었다.

폐렴과 관절염을 앓고 계시긴 하지.

윤주 선배는 말했다. 이따금 사별한 아내를 그리워하긴 했지만 일상생활은 무난할 정도로 정신이 말짱하다는 것이다. 그러고는 노트북을 펼치며 화제를 돌렸다. 근래 김영호 씨가 두 차례나 사라져 요양원이 발칵 뒤집어졌다는 것인데, 그 일로 인해 둘째 아들은 물론 캐나다와 미국에 각각 거주한다는 세 자식들까지도 어지간히 애를 태운 모양이었다. 둘째 아들은 고향 지인들을 비롯해 여기저기 수소문했지만 부친을 찾을 수 없었다. 그런데 정작 먼저 연락을 해온 건 김영호 씨였다고 한다. 한 번은 속초 장사항 부근에서, 또 한 번은 해남의 한 야산 인근에서였다.

패나 멀리도 가셨네요. 거기까지 무슨 일로 가셨대요?

옛 동료 분들이 보고 싶으셨나봐.

그래서 만나셨대요?

아니. 이미 세상을 떠나신 분들이야. 그분들 무덤을 찾아가신 거였더라고. 그런데 이상한 게 말이야…….

윤주 선배는 김영호 씨가 요양원 문을 열고 나간 시각과 해남에서 연락해온 시각을 확인해본 모양이었다. 그러니까 그날 요양원 출입구 카메라에 그가 찍힌 시각은 오전 9시 12분, 해남 야산 인근에서 둘째 아들에게 연락한 시각은 오후 2시 20분경이었다. 제아무리 빠른 교통수단을 이용한다고 해도 약 다섯 시간 만에 해남까지

간다는 건 불가능했다. 화장실까지 가는 데만도 십 분은 족히 걸리는 관절염을 앓고 사는 노인의 경우라면 두말할 필요도 없다.

흥. 재밌는 분이시네요.

선배는 고개를 갸우뚱거렸다.

아니, 그분 얘기가 워낙 느닷없어서요.

얼렁뚱땅 둘러댄 탓일까. 윤주 선배의 얼굴 표정은 금세 굳어졌다. 나는 무연히 찻잔을 만지작거렸다. 왠지 모르게 선배로부터 점수를 잃은 듯한 기분이 들었다.

사실 그쯤에서 인터뷰 자료를 갈무리해도 무방해 보였다. 앞서 진행한 인터뷰 내용은 사적 자료를 토대로 어느 정도 검증을 해놓은 상태였고, 연대기적 전개 과정도 매끄러운 편이었다. 문제의 대목을 삭제하더라도 구술 자료로써의 가치는 훼손되지 않을 성싶었다. 게다가 김영호 씨의 구술집은 다른 연구자들에 비해 진행 속도가 더딘 편이었다. 시리즈 출간 일정에 맞추려면 어느 정도의 조율은 불가피했다. 윤주 선배도 그 사실을 알고 있을 것이다.

윤주 선배는 입을 앙다문 채 노트북을 접어 가방에 넣었다. 불현듯 무전 교신기 앞에서 커다란 가방을 끌어안고 있는 선배의 모습이 떠올랐다. 도무지 속내를 짐작할 수 없는 표정이었다. 전임 연구자가 개인 신상 문제를 들먹인 이유를 조금은 알 것 같기도 했다.

나는 선배를 따라 카페에서 나왔다. 선배를 다시 만났던 그날처럼 하늘은 잿빛으로 짓뭉개져 있었다. 선배는 말없이 요양원을 향해 발걸음을 옮겼다. 나는 선배의 발걸음을 터덜터덜 뒤쫓았다. 카페에서 요양원까지는 그다지 먼 거리는 아니었다.

김영호 씨가 해외에 머물렀던 곳은 눈 축제로 유명한 홋카이도가 유일했다.

1927년 충남 논산에서 태어나 홀어머니 밑에서 자란 그는 열다섯 살이 되던 해에 읍사무소 직원으로부터 징용장을 받았다. 그의 인터뷰 내용을 보면, 읍사무소 앞에 집결했을 때 배웅을 나온 사람들은 대부분 울고 있었다고 한다. 하지만 그는 어머니가 밭에 계셨던 건지 얼굴조차 보지 못한 채 역으로 가서 기차에 올라야만 했다. 그는 곧장 여수로 이송된 후 배에 올라 현해탄을 건너 시모노세키에서 하선했다. 난생처음 타보는 배인지라 멀미가 심해 곤죽이 될 지경이었다. 하지만 거기가 종착지가 아니었다. 시모노세키에서 다시 기차를 타고 한참을 가다가 또 한 번 배를 탔다. 장장 한 달 가까운 여정이었다. 그렇게 도착한 곳이 홋카이도였다.

눈이 엄청 많았어요. 그런 데에서도 사람이 살 수 있을까 싶었지.

김영호 씨는 홋카이도에 도착하던 날을 그렇게 기억했다.

그의 최종 종착지는 홋카이도탄광기선주식회사 유바리광업소였다. 매일 새벽 탄차를 타고 탄광굴로 들어가 온종일 석탄을 캐다가 해가 지면 창고 같은 숙소로 돌아와야 하는 일상이었다. 그곳에서 김영호라는 이름 대신 번호로 불리며 해방이 될 때까지 버텼다.

윤주 선배가 채집한 자료 중에는 앳된 그의 사진도 포함되어 있었다. 사진 뒷면에서는 사진을 찍은 날짜와 장소가 적혀 있었다. 까까머리 소년은 돈을 모아 포목점을 차려 어머니를 편히 모시고 사는 게 꿈이었다고 한다. 하지만 소년의 월급은 보잘것없었다. 그마저도 공제금을 제하고 나면 수중에 들어오는 돈은 몇 푼 되지 않았다. 도리어 군사저금이나 식대 등 각종 공제금은 그 달의 임금을 초과하는 경우가 다반사였다. 그는 형편없는 처우를 증명하는 급여명세서가 지폐라도 되는 양 꼬박꼬박 모아두었다. 그러던 와중에 오른손이 탄차에 끼어 집게손가락이 잘려 나가는 사고를 당하고 만다.

재수가 없던 날이었지요.

오랜 세월이 흐른 탓이었을까. 활자로 옮긴 김영호 씨의 목소리는 너무나 덤덤해 보였다. 내심 그의 진짜 목소리가 궁금해지기도 했다. 그의 생애를 살펴보면 허풍선이와는 거리가 멀었다. 그는 꽤나 꼼꼼한 성격의 소유자인 것 같았다. 그가 모아둔 각종 증서나 급여명세서 등은 학술적 가치가 높은 것들이었다. 기존의 구술 자료를 보완하거나 사실 관계를 확인하기 위해 인터뷰를 재차 진행하는 경우는 더러 있었다. 김영호 씨 경우엔 문제의 인터뷰만 제외한다면 그럴 필요가 없었다.

하지만 윤주 선배는 나와 생각을 달리했다. 그러니까 축지법이 언급된 문제의 대목부터 인터뷰를 진행하려는 거였다.

선배는 도대체 무슨 의도인 걸까.

군데군데 검버섯이 핀 김영호 씨의 얼굴은 실핏줄이 도드라져 보일 만큼 창백한 빛깔이었다. 건너편 침상에서 한 노인의 가래를 타구로 받아내고 있던 요양보호사가 곧 깨실 때가 되었다고 알려주었다. 무슨 꿈이라도 꾸는지 이따금 그의 눈꺼풀이 파르르 떨렸다. 얼마 지나지 않아 김영호 씨는 푸, 하고 긴 한숨을 내쉬더니 눈을 감은 채 입가를 만지작거렸다. 요양보호사가 다가와 물수건으로 그의 입술을 적셔주었다. 그러는 동안 나는 마디마디 굽은 그의 손을 멍하니 바라보았다. 집게손가락이 있어야 할 자리는 썩은 살구처럼 짓뭉개져 있었다. 그는 더듬더듬 손을 내밀었다. 윤주 선배는 그의 손을 조심스럽게 그러쥐었다. 김영호 씨는 눈을 껌뻑거리며 한참 동안 천장만 바라보았다. 시간이 무척 더디게 흘러가는 기분이 들었다.

못 보던 손님이 오셨네.

그의 목소리는 푸석푸석했다.

할아버지 이야기를 더 듣고 싶어서요.

김영호 씨는 상체를 천천히 일으켜 세우며 끙끙 신음을 내뱉었다. 요양보호사와 윤주 선배가 동시에 그를 거들었다. 그는 그동안 내가 만나온 고령의 노인들과 별반 다를 바 없었다. 뼈마디만 남은 앙상한 체구에 어깨는 잔뜩 굽어 있었다. 초점이 흐릿한 눈동자는 진청색을 띠었고, 누렇게 변색된 치아는 그나마도 몇 개 남아 있지 않았다. 그런 몸으로 해남까지 다녀왔다고? 해남은커녕 요양원의 뒤뜰조차 다녀오기 힘들어 보였다. 그는 침상 위에 앉아 한숨을 몰아쉬고는 숱이 듬성한 백발을 손바닥으로 쓰다듬었다.

김영호 씨는 다 죽어가는 노인 이야기를 들어서 뭐하느냐며 겸연쩍어하면서도 어느덧 침상 아래에 있는 실내화를 찾고 있었다. 나는 엉거주춤 그의 발 앞에 하얀색 실내화를 놓아주었고, 윤주 선배와 함께 그를 부축해 휴게실로 향했다. 복도로 나가자 현기증이 나는지 그는 내게 잠시 기대어 숨을 가다듬었다. 그의 몸은 아이처럼 연약하고 가벼웠다.

윤주 선배는 미리 준비해온 한과와 두유를 가방에서 꺼내어 창가 쪽 테이블 위에 올려놓고선 선반 위에 있는 담요를 가져와 노인의 어깨에 덮어주었다. 선배에게 저렇게 다정한 모습이 있었던가. 순간 묘한 기분에 사로잡혔다.

나는 윤주 선배가 어떤 질문으로 그의 이야기를 이끌어낼지 궁금했다. 하지만 먼저 질문을 꺼낸 이는 김영호 씨였다. 그는 윤주 선배와 내게 번갈아가며 고향은 어디며 부모는 편히 계시느냐, 나이가 몇이며 무슨 일을 하는지 등 이런저런 질문들을 두서없이 쏟아냈다. 그때마다 나는 짤막하게 대답한 반면, 윤주 선배는 책상 위에 두 손을 포갠 채 이전에도 받았을 법한 질문들에 대해 조곤조곤 이야기했다. 그러는 와중에 나는 윤주 선배가 어디에서 어떻게 자랐는지 처음 알게 되었다. 뿐만 아니라 부모님은 작은 분식점을 운영하시고, 학창 시절 꿈은 여행 작가였으며, 짜장면과 햄버거를 좋아하고, 기어 다니는 곤충을 가장 무서워한다는 새로운 사실도 알게 되었다. 그런데 윤주 선배가 그렇게 말수가 많았던가. 어딘지 모르게 낯선 모습이었으나 한편으론 선배의 이야기를 좀 더 듣고 싶기도 했다.

윤주 선배가 수첩과 함께 휴대폰을 꺼낸 건 그로부터 삼십 분쯤 흐른 후였다. 선배는 휴대폰으로 녹음을 시작했다. 김영호 씨는 사남매를 키운 이야기를 하다가 느닷없이 얼마 전 사별한 아내 생각이 난다면서 우두커니 창밖을 내다보았다. 그러더니 캐나다에 산다는 딸 자랑을 늘어놓았다. 그의 이야기는 예상보다 더 횡설수설했다.

많이 보고 싶으시겠어요?

많이 보고 싶지. 한 번만이라도, 딱 한 번만이라도 만날 수 있었으면…….

김영호 씨는 말을 잇지 못하고 고개를 떨구었다.

따님을요? 아니면 할머니를요?

딸이야 잘 사는지 궁금해서 얼마 전에 한번 보고 왔지.

김영호 씨는 지난밤에 꿈이라도 꾸었던 것일까? 요양원에 있는 노인이 무슨 수로 해외에 있는 딸을 만나고 왔다는 것인가. 하지만 나는 한동안 잠자코 듣고만 있었다.

그는 딸아이 형편이 안 좋아 보였다며 긴 한숨을 내쉬었다.

캐나다에 살고 있다는 셋째 딸을 말씀하시는 거죠?

김영호 씨는 손을 주무르며 고개를 끄덕였다.

셋째가 태어난 해가 언제인지 기억하세요?

윤주 선배는 자연스럽게 대화의 방향을 전환시키며 그의 시간을 조금씩 조금씩 과거로 이끄는 중이었다. 김영호 씨는 기억을 더듬어가며 이야기를 풀어놓았다. 그런 식으로 몇 차례 문답을 주고받다보니 어느덧 그는 해방 전 어느 날을 회상하고 있었다.

손가락이 잘려나간 건 별것도 아니었지.

그는 갱도로 들어가는 게 너무 무서웠다고 한다. 당시 낙탄 사고로 사망한 사람이 한둘이 아니었던 것이다. 작업장에서 목숨을 잃으면 유골 봉환은커녕 가족에게 사망 소식조차 전해지지 않는 경우가 수두룩했다.

그래서 탈출을 결심하셨던 거예요?

윤주 선배의 허리는 어느새 꼿꼿해져 있었다.

그게 언제였더라? 김영호 씨는 손바닥으로 입가를 쓸어내렸다. 철조망을 넘자마자 붙잡혔거든.

김영호 씨의 첫 탈출은 보란 듯이 실패했다. 윤주 선배가 앞서 채집한 자료에 의하면 그가 엄청 두들겨 맞고 끌려간 곳은 바로 '다코베야'라는 숙소였다. 까까머리 소년은 그곳에 구금되어 인근 토목 공사장에서 노예처럼 굴러다녀야 했다. 그곳에서는 대화는 물론 일체의 자유조차 허락되지 않았다. 발목에 쇠사슬을 차고 줄지어 노역장으로 끌려 나가다가 한 발짝이라도 이탈하면 감독관으로부터 곡괭이나 삽자루로 얻어맞기 일쑤였다. 홋카이도로 동원된 대부분의 사람들은 다코베야에 대한 끔찍한 기억을 가지고 있었다. 전쟁

막바지에는 징용장 없이 무작위로 연행되어 온 사람들이 상당수였고, 그곳에서 희생된 사람들은 유골조차 제대로 수습되지 않은 경우가 허다했다. 그곳은 내가 상상조차 할 수 없는 다른 세계 같았다. 그런데 문제의 진술은 바로 거기서부터 시작됐다.

김영호 씨는 그곳에서 은인을 만났다고 했다.

오늘날 역사책이나 인터넷을 뒤져보면 어렵지 않게 확인할 수 있는 사실이긴 한데, 1910년대 전국 유명한 부호들이 거액의 독립운동 자금을 요구하는 편지를 전달받은 사건이 있었다. 그 일로 인해 일제 군경의 수사는 전국적으로 확대되었다. 배후는 다름 아닌 대한광복회로 밝혀졌다. 대한광복회는 곡물점이나 잡화점으로 위장한 연락 거점을 전국 단위로 설치하여 운영했다. 그것은 결정적인 시기에 일사불란하게 투쟁하기 위한 방책이었다. 대한광복회는 대구의 '상덕태상회(尚德泰商會)'를 비롯해 국내외 100여 개 이상의 연락 거점을 설치하는 것을 목표로 하고 있었다. 그럼으로써 독립운동 자금이나 편지 등의 송달을 원활하게 할 수 있었기 때문이다. 연락 거점 중 가장 유명한 '백산상회(白山商會)'는 주식회사로 성장하여 상하이의 임시정부와 만저우의 독립운동 세력을 경제적으로 지원하고 있었는데, 연락책의 역할 또한 중요할 수밖에 없었다. 하지만 백산상회는 김영호 씨가 태어나던 해에 일제의 탄압으로 폐점당하고 만다. 그로 인해 조직원들은 투옥되거나 전국 각지로 뿔뿔이 흩어져버리게 된다. 김영호 씨가 다코베야에서 만났다는 은인, 그러니까 그에게 축지법을 전수해준 스승도 그중 하나였다. 그의 스승은 백산상회의 핵심 연락책이었다. 〈육갑천서〉는 물론 〈저금집〉과 〈기문둔갑장신법〉 등에 통달했고, 연락책 계에서는 신화 같은 인물이라는 것인데.

조선시대 때 공문을 빨리 보내기 위해 파발꾼들의 손가락을 묶어 피가 안 통하게 한다든지 고환에 고춧가루가 든 주머니를 매단 채 달리게 했다는 얘기를 어디선가 얼핏 들어본 것 같기도 했다. 혹시나 싶어 그런 얘기를 꺼내자 김영호 씨는 고개를 절레절레 흔들었다.

그런 구닥다리와는 차원이 달라요.

그는 자신의 스승이 한번에 땅을 마흔 겹 정도는 접어서 달릴 수 있을 정도로 빠른 사내였다고 했다. 그러면서 두 팔을 활짝 벌렸다 오므리며 한 겹은 대략 10미터가 더 되는 거리라고 덧붙였다. 나는 어떤 반응을 보여야 할지 몰라 슬며시 윤주 선배를 보았다. 흘러내린 머리칼이 얼굴을 가려 표정은 보이지 않았지만 선배의 손은 쉴 새 없이 움직이고 있었다. 선배의 수첩은 글자들로 빼곡했다. 반면 내 안에서는 끊임없이 의구심이 솟구쳐 올랐다. 그렇게 발 빠른 사내라면 웬만하면 붙잡히지 않았을 텐데. 하물며 홋카이도 같은 불모지에서 탈출하는 것쯤이야 뚝딱 해낼 수 있지 않았을까.

스승님은 특별한 분이었어요.

그의 스승은 개성 출신이라고는 했지만 다코베야에 구금된 경위나 관련 기록은 전무했다. 김영호 씨에 따르면 스승은 백산상회 폐점 이후 전국 각지를 떠돌며 눈이 좋고 발이 빠른 아이들을 물색해서 언제라도 실전에 투입할 수 있도록 기술 단련을 시켰다고 한다. 하지만 일제의 탄압이 보다 악화되자 홋카이도에 산재한 다코베야에 잠입해 구금된 사람들을 구해내는 동시에 차세대 연락책 모집을 병행했다는 것이다.

아마 이삼 일은 달렸지. 그러자 바다가 보이더라고.

스승으로부터 축지 기술을 전수받은 까까머리 소년이 다코베야를 탈출해 왓키나이 해변에 다다른 건 어느 겨울 새벽이었다.

삿포로가 아닌 북쪽으로 가셨던 거였군요?

윤주 선배는 잠시 메모를 멈추고 그를 바라보았다.

그쪽은 경비가 삼엄하대요. 차라리 북쪽으로 가서 밀항하는 편이 나을 거라고 하시더군.

그는 스승이 조언해준 대로 달렸다고 한다. 아니나 다를까 다코베야를 탈출한 직후 셰퍼드에게 물릴 뻔한 일을 제외하고는 검문을 받거나 경찰과 마주친 적이 없었다. 소년은 분홍빛으로 물든 바다를 보며 머지않아 고향집에 계실 어머니를 만날 수 있을 거란 생각에 가슴이 벅차올랐다고 한다. 하지만 항구에 정박한 화물선에 잠입하기 위해 그 기술을 써도 될런지 망설여졌다. 부작용 또한 만만치 않았기 때문이다.

기술이 서툰 탓도 있었겠지만 땅을 접어 달리다 보니 무엇보다

어지럼증이 심했다. 게다가 부실했던 영양 상태가 어지럼증을 보다 가중시켰다. 다코베야의 음식은 사람이 먹을 수 있는 수준의 것들이 아니었다. 그곳에서 살아남으려면 가축의 사료나 풀뿌리라도 씹어서 삼켜야 했다. 그런 와중에 탈출을 감행했다고 하니 오죽했을까마는. 나무껍질과 눈을 씹으며 달리다가 별안간 눈앞이 깜깜해져 바위나 나무에 처박힌 게 한두 번이 아니었다. 심할 땐 잠깐씩 정신까지 잃었는데 그럴 땐 정말 아찔했다고 한다. 만약 추격자에게 붙잡히기라도 하면 유치장 신세를 면치 못했을 테니. 그다음 결과는 뻔했다. 거기에서 온갖 고문을 당하다가 결국 깜깜한 노역장으로 끌려가게 될 것이다.

그건 죽기보다 싫었어.

내 앞에 앉아 있는 노인이 어쩐지 측은하게 보였다. 그가 있던 곳은 지옥이나 다름없었다. 그래서일 거라고 생각했다. 일종의 리플리증후군 같은 건지도 모른다고. 스스로 지어낸 이야기에 평생을 갇혀 지낼 수밖에 없었을 거라고. 하지만 언제까지 그의 이야기에 끌려다닐 수만은 없는 노릇이었다. 때에 따라 이야기의 마침표는 인터뷰어가 찍어줘야 했다. 그리고 바로 그때가 적기라고 판단했다.

어르신, 그럼 어머님께서 작고하신 게 해방될 무렵이었나요?

김영호 씨는 눈을 가늘게 뜨고 나를 쳐다보았다. 그와 동시에 윤주 선배가 나를 저지하듯 손등을 툭 쳤다. 하지만 나는 아랑곳하지 않고 다시 한번 물었다. 그러자 선배는 자리에서 일어나 김영호 씨에게 다가갔다.

할아버지, 화장실도 다녀오셔서야 하고, 조금만 쉬었다가 할까요?

윤주 선배는 요양보호사에게 부탁해 그를 화장실 앞까지 부축해 갔다. 그러고는 내게 다가와 한숨을 푹 내쉬었다.

여태 여러 번 봤으니까 내가 진행할게.

선배는 휴대폰 녹음을 멈추고는 말했다. 그건 나도 바라는 바였다. 그런데 이상하게도 묘한 반항심 같은 게 생겨났다. 그건 현대 과학으로 풀 수 있는 이야기가 아니었다. 그리고 상식 밖의 이야기에 대해 어떤 의미를 부여한다는 건 구술의 신빙성을 떨어뜨리는 일이었다.

설마 그 이야기를 정말 믿는 건 아니죠?

그럼 우리는 어떤 이야기를 믿어야 하는 거야?

적어도 객관을 가져야죠.

그 객관이란 게 뭔데?

나는 순간 말문이 막혔다. 원론적인 논쟁을 이어갈 자리도 아닐 뿐더러 되도록 선배와 마찰을 피하고 싶었다.

조정이 필요하다는 얘기를 하고 싶은 거라면 내게 맡겨.

윤주 선배는 어떤 확신을 가진 것처럼 보였다. 그럼에도 불구하고 나는 인터뷰 내내 반신반의하며 선배를 자주 힐끗거릴 수밖에 없었다.

소년 김영호가 수많은 죽을 고비를 넘기고 고향으로 돌아왔을 때 그의 집은 텅 비어 있었고, 어머니는 이미 이 세상 사람이 아니었다. 수집한 기록상으로는 그랬다. 하지만 김영호 씨는 그 사실을 단호하게 부인했다. 거기에서 그 스승이라는 사람은 다시 한번 등장한다. 어머니의 행방이 묘연하다는 소식을 전해준 이는 다름 아닌 그의 스승이었다. 그가 스승과 함께 홋카이도를 떠났는지, 아니면 다른 누군가와 함께 화물선에 잠입했는지에 대해서는 불명확하다. 하지만 그보다 더 큰 문제는 그가 보관해온 증서나 급여명세서와 같은 객관적 자료와 그가 임시정부의 연락책으로 활동했다고 주장하는 시기가 겹친다는 점이다. 김영호 씨는 그런 사실에 대해 전혀 개의치 않았다. 화장실에 다녀온 김영호 씨는 윤주 선배로부터 질문을 받고선 다시 이야기를 풀어놓았다.

그가 스승과 함께 연해주와 베이징을 거쳐 임시정부가 있던 충칭으로 건너간 건 대략 열여섯 살 때의 일이었다. 그곳에서 김구 주석을 만났다는 것인데.

어머니를 찾고 싶으냐?

백범 김구는 코밑에 까뭇한 솜털이 성성해지기 시작한 소년에게 그렇게 물었다고 한다. 소년은 눈물이 그렁그렁한 채 고개를 끄덕였다.

그럼 나라부터 되찾아야 한단다.

백범다운 화법이긴 했다. 하지만 그의 얘기를 어떻게 받아들여야 할지 점점 난감해졌다. 내 의중을 알아차렸는지 윤주 선배는 내 손등을 지그시 눌렀다.

소년 김영호에게 주어진 임무는 각종 편지를 수발하는 일이었다. 당시 임시정부는 국내외에 흩어져 있던 독립운동 세력을 규합하기 위해 다각도의 방법을 모색 중이었는데 무엇보다 적시적기의 의사소통이 중요했다. 얼굴이 알려지지 않은 안전하고도 발 빠른 연락책이 필요했던 건 어찌 보면 당연한 일이었다. 소년 김영호는 그에 부합하는 최적의 인물이었던 셈이다. 그는 연락책으로 활동하며 김구를 비롯해 김원봉, 여운형, 김규식 등 내로라하는 독립운동가들을 만났다고 말했다. 그런 와중에 사방팔방으로 어머니 행방에 대해 수소문했는데, 한번은 경성에 다녀온 한 임정 요인이 어머니가 동대문의 한 점포에 계시다는 정보를 준 적이 있었다고 한다. 그러면서 해를 넘기기 전에 어머니를 뵐 수 있도록 조치를 취해주겠다고 약속했다. 소년은 그때까지 기다릴 수 없었다. 소년은 단숨에 경성을 향해 달렸다. 하지만 요인이 알려준 주소지로 찾아갔을 때 그곳에 어머니는 계시지 않았다. 점포 주인 말인즉 그의 어머니는 누구로부터 아들이 충칭에 있다는 소식을 듣고선 사흘 전쯤 기차를 타고 떠났더라는 것이다. 길이 엇갈린 것이다. 나는 머릿속으로 그가 달렸다는 궤적을 따라 지도를 그려보았다. 겹겹의 산과 거친 황무지와 거센 강물과 시퍼런 절벽 따위는 어째서 그의 발목을 붙들지 못했을까. 그쯤에서 인터뷰는 잠시 중단되었다. 김영호 씨의 눈시울이 붉어졌기 때문이다.

그는 손등으로 눈가를 훔치며 한동안 말을 잇지 못했다. 윤주 선배는 손수건을 꺼내어 그의 눈물을 닦아주었다. 이상하게도 그의 눈물을 보자 사진 속 앳된 소년의 얼굴이 아른거렸다.

그는 연락책으로 활동하던 일화를 터놓으며 기력을 조금씩 회복하는 듯했다. 당시 베이징과 옌안 지역에는 독립운동가들의 목숨을 노리는 헌병대의 밀정이나 끄나풀이 바글거린 탓에 발걸음이 조심스러울 수밖에 없었다고 한다.

그게 아무나 할 수 있는 일이 아니었거든. 우리야 빨랐으니까 가능했지만.

우리라고 하면 같이 활동하던 분들을 말씀하시는 거죠?

윤주 선배가 재빨리 질문을 건넸다. 그건 나 역시 궁금했던 부분이었다. 그러니까 김영호 씨와 같은 기술을 가진 사람이 한둘이 아니었단 얘긴데.

암. 그렇지. 다들 한창때였어. 충칭에서 베이징까지 하루 반나절이면 충분했지.

그들은 자동차나 기관차보다 빨랐고, 비행기보다는 조금 느렸다. 다만 소년의 경우 어지럼증이 문제였다.

의열단 단원에게 임시정부의 서신을 전달하고 돌아오는 길이었다고 한다.

베이징 인근에서 어지럼증이 심해 주저앉고 말았는데 어디선가 구수한 밥 짓는 냄새가 풍겼다. 소년은 굴뚝에서 모락모락 연기가 피어오르는 나지막한 목조주택을 향해 다가갔다. 어디선가 우는 아이를 달래는 여인의 노랫소리가 들렸다. 소년은 희붐한 전등불이 켜진 창 너머를 바라보았다. 아이를 안고 있는 여인의 뒷모습이 보였다. 그때였다. 처마 아래에서 그림자 하나가 스치는가 싶더니 별안간 쇠몽둥이가 어깨에 내리꽂혔다. 일본 끄나풀의 습격이었다. 소년은 곤죽이 되도록 얻어터지다가 가까스로 달아났다. 하지만 어느새 녀석은 바짝 뒤쫓아 왔다. *끄나풀 역시 기술자였던 것이다.* 녀석을 따돌리기 위해 칭다오, 시안, 상하이, 청두까지 달아났지만 소용없었다. 녀석은 끈질기게 달라붙었다. 고비사막과 알타이산맥을 지나 우랄산맥까지 넘어서야 비로소 *끄나풀*을 따돌릴 수 있었는데, 거기서 또 다른 복병을 맞닥뜨리고 말았다. 그 동네 사정도 한반도 사정과 별반 다를 바 없었던 것이다. 파란 눈을 가진 꺽다리 자객에게 쫓겨 다니다가 방향을 튼 곳이 하필 시베리아 방면이었다. 가도가도 매서운 눈보라가 휘몰아치는 설원뿐이었다. 땅을 접어 달리고 또 달려도 거기가 거기였다. 이따금 멀리서 늑대들이 컹컹 짖는 소리가 들렸다. 손발이 꽁꽁 얼어붙고, 두 눈이 자꾸만 감겼다.

자꾸만 어머니 얼굴이 아른거리는 거야. 거기가 내 무덤이구나 싶었지. 그런데 느닷없이 바닥이 들썩이는 게 아니겠어.

뚱딴지같이 그는 그곳에서 설원을 가르고 힘껏 솟아오르는 분홍색 고래를 보았다고 했다. 커다란 지느러미가 바닥을 내리치자 새하얀 물거품이 일었다. 소년은 헛것을 보고 있는 거라 생각했다. 잠시 후 한 쌍의 분홍색 고래가 거품이 일렁이는 수면을 박차고 뛰어올랐다. 소년은 고래의 등에 올라타 까무룩 정신을 잃고 말았다.

김영호 씨는 눈을 감고 그때를 회상하는 듯했다.

나도 모르게 한숨이 새어 나왔다. 그 정도 실력을 가진 끄나풀이라면 한낱 애송이 연락책이나 뒤쫓을 게 아니라 김구 같은 거물을 잡으러 다니지 않았을까. 하물며 설원까지는 그렇다고 쳐도 시베리아 한복판에 나타난 고래라니. 그건 좀 아니지 않나. 그의 이야기에서 내적 논리라고는 도무지 찾아볼 수 없었다.

어떻게 하면 그렇게 빨리 달릴 수 있어요?

나는 끓어오르는 의심을 접지 못하고 결국 입을 열었다. 그러고는 윤주 선배가 정리한 인터뷰 자료를 펼쳤다. 선배가 수집한 급여 명세서나 증서들을 보면 1942년부터 1945년까지 그와 관련된 모든 자료는 홋카이도를 가리키고 있었다. 그런데 이게 웬일인가. 그는 꾸벅꾸벅 조는 시늉을 했다.

어르신.

나는 그를 불렀다.

하지 마.

윤주 선배는 내 손목을 꽉 붙잡고선 한마디 던졌다. 나는 터무니없는 이야기를 묵묵히 듣고 있는 선배 또한 이해할 수 없었다. 그건 구술 연구자로서 바람직한 태도가 아니었다.

기술은 별로 중요한 게 아니오. 어디로 가야 하는지 아는 게 중요하지.

그는 살며시 눈을 뜨고선 나긋한 어조로 말했다. 그의 목소리엔 특유의 꼬장꼬장함이 배어 있었다. 그의 시선은 창 너머 먼 하늘을 향해 있었다. 낙엽이 흩날리고 나뭇가지가 휘청거리는 궂은 날씨였다.

소년을 발견한 건 순록 무리를 이끌고 다니는 사람들이었다. 그는 눈을 떴을 때 천막 안에 누워 있었다고 한다. 한 여인이 김이 모락모락 피어오르는 사발을 들고 천막 안으로 들어왔다. 그건 순록의 피였다. 그는 순록의 피와 고기를 먹고 서서히 기력을 회복해갔다. 그들이 준 건 그뿐만이 아니었다. 그들은 소년에게 별을 보고 길을 찾는 법도 알려주었다. 소년은 툰드라의 네네츠족이라도 만났던 것일까. 소년은 어느덧 청년으로 성장해 있었고, 그의 이야기는 더더욱 걷잡을 수 없는 엉뚱한 방향으로 흘러갔다. 그럼에도 불구하고 윤주 선배는 그의 이야기를 묵묵히 경청했다.

김영호는 충칭으로 돌아오자마자 어머니 소식부터 확인했다. 임정 요인들은 그가 살아서 돌아온 게 기적이라고 입을 모았지만 어머니 소식을 아는 이는 아무도 없었다. 당시 임시정부는 국내진입 작전에 박차를 가하고 있던 탓에 눈코 뜰 새 없이 바빴다. 당연히 김영호에게도 임무가 주어졌다. 하지만 실의에 빠진 나머지 어떤 일에도 집중할 수 없었다. 때마침 국내 정세를 살피고 돌아온 그의 스승은 머지않아 어머니를 만날 수 있을 거라고 그의 어깨를 어루만져 주었다. 그는 스승의 말을 철석같이 믿었다. 스승에게도 아내와 자식이 있었다. 임정 요인들도 마찬가지였다. 그들에겐 가족과 사랑하는 사람들이 있었다. 하지만 나라를 되찾지 못한다면 재회는 요원했다. 독립은 대체 어떻게 하는 걸까. 그에게 독립이란 너무나 멀리 있는 목적지였다.

어머니를 만나기 위해선 그 길뿐이었지요.

청년으로 성장한 김영호에게 국내 잠입 명령이 떨어진 건 1945년 8월 13일이었다. 김영호 씨 말로는 그 무렵 자신은 기술적인 면에서 전성기였다고 한다. 땅을 수십 겹 접어 달려도 어지럼증 따위로 휘청거리는 일은 없었다는 것이다. 그는 명령을 받은 다음 날 새벽 서대문 인근에 도착해 인왕산 기슭에 잠복했다. 그의 임무는 광복군이 한반도로 진격할 때 서대문형무소를 개방하는 거였다. 그곳에 투옥된 독립투사들을 구한다고 생각하니 가슴이 뭉클해졌다. 그의 스승이 다코베야에서 자신을 구해준 뜻도 알 것 같았다. 하루이틀 기회를 엿보았다가 기별이 오면 단번에 서대문형무소로 달려가 임무를 수행할 계획이었다. 하지만 뜻밖에도 다음 날 산 아래에서 만세소리가 울려 퍼졌다. 모든 사람들에게 그랬듯 그에게도 해방은 도둑 같이 찾아온 것이다. 그는 헐레벌떡 거리로 내려갔다.

김영호 씨는 호주머니에서 꼬깃꼬깃한 종이 한 장을 꺼냈다. 그건 서대문형무소에서 출옥한 독립투사들과 그들을 환영하기 위해 몰려나온 군중이 담긴 복제본 사진이었다. 신문에서 오려낸 것으로 보이는 그 사진 속에는 대략 이삼백 명의 군중이 모여 있었다. 그는 군중 속

한 사람을 손가락으로 가리켰다. 저고리를 입은 청년이었다. 그 사람
은 전차 앞에서 다른 사람들과 함께 두 팔을 치켜든 채 만세를 부르고
있었다. 김영호 씨는 그 사람이 바로 자신이라고 했다.

이때가 해방된 바로 다음 날이었어요.

윤주 선배와 나는 그가 가리킨 청년을 뚫어지게 쳐다보았다. 하
지만 사진은 얼굴을 식별해낼 수 있을 만큼 선명하지 않았다. 윤주
선배는 수첩에 무언가를 적었다. 원본을 확인해보려는 것인지도 몰
랐다.

많이 기쁘셨겠어요?

윤주 선배가 물었다. 김영호 씨는 먹먹한 눈길로 사진을 내려다
보았다.

인사라도 드리고 떠났어야 했는데. 그러고선 긴 탄식을 내뱉었
다. 이 사진만 보면 어머니 생각이 나요.

김영호 씨는 별안간 울음을 토해냈다. 그는 더 이상 말을 잇지 못
했다. 윤주 선배는 그의 곁으로 다가가 두 손을 꼭 붙잡았다. 나는
들썩이는 그의 굽은 어깨를 망연히 바라보았다. 그는 마치 작은 아
이 같았다.

그날 인터뷰는 거기까지였다.

요양보호사가 식사 시간이 다 되었다며 김영호 씨를 부축하기 위
해 다가왔다. 그는 사진을 조심스럽게 접어 호주머니에 넣고선 내
게 손을 내밀었다. 나는 얼떨결에 그의 손을 잡았다. 그와 동시에

그의 입술이 달싹거렸다. 무언가를 중얼거리는 듯했는데 정확하게 알아들을 수가 없었다. 나는 그에게 귀를 가져다댔다. 그러자 그는 살며시 내 손등을 두드렸다. 그의 손바닥은 나무껍질처럼 거칠고 딱딱했다. 그리고 뭐랄까, 금방이라도 부스러질 것처럼 앙상했다.

요양원에서 나왔을 때 진눈깨비가 떨어지기 시작했다. 버스정류장으로 가는 길에 윤주 선배는 한마디도 하지 않았다. 함께 식사를 하지 않겠냐는 내 제안에 선배는 다음에, 그리고선 먼저 버스에 올랐다. 어쩐지 선배는 나에게 화가 나 있는 듯했다.

며칠 후 우리는 요양원 입구에서 서먹한 상태로 다시 만났고, 한 차례 더 김영호 씨와 인터뷰를 가졌다. 그날 한 번 더 인터뷰에 따라나선 이유는 다름 아닌 선배에 대해 확인하고 싶은 게 있어서였다. 그날 그 자리에서 나는 그 어떤 말도 입 밖에 꺼내지 않았다. 그게 선배에 대한 내 나름대로의 배려라고 생각했다. 선배가 그런 내 마음을 알아줬으면 싶었다. 하지만 선배는 야속하게도 별로 개의치 않는 듯했다.

윤주 선배로부터 두 차례에 걸쳐 진행한 인터뷰 녹취 파일을 건네받고선 나는 어떻게 편집을 해야 할지 망설였다. 여느 때 같았으면 곧장 작업에 착수했을 테지만 어디서부터 어떻게 손을 대야 할지 답답할 따름이었다. 결론부터 말하자면 김영호 씨는 어머니를 결국 만나지 못했다. 만세를 부르던 그날 오후 곧장 고향으로 달려갔지만 다 쓰러져가는 집에 어머니는 계시지 않았다. 동네 사람들말로는 어머니가 아들을 찾기 위해 집을 떠난 지 오래라고 했다. 그는 어머니를 찾기 위해 사방팔방 뛰어다녔다. 삼천리 방방곡곡 그의 발길이 안 닿은 땅이 없을 정도였다. 전쟁이 터져도 그의 발걸음은 멈추지 않았다. 그사이 그의 스승은 고향으로 돌아갔고, 간간이 주고받던 기별마저 끊겼다.

김영호 씨가 마지막으로 어머니 소식을 접한 건 총탄이 빗발치는 어느 고지에서 만난 논산 출신의 학도병으로부터였다. 학도병은 그의 어머니를 감나무 집 아주머니로 기억했다. 그는 징병되기 직전에 고향집 툇마루에 넋을 놓고 앉아 있는 아주머니를 보았다고 했다. 학도병이 그 장면을 잊지 못한 이유는 때마침 그 자리에 포탄이 떨어졌기 때문이었다. 순식간에 불기둥이 치솟고 모든 게 흔적도 없이 사라졌다는 것이다. 그 얘기를 들은 김영호 씨는 한 발짝도 움직일 수 없었다. 그가 문제의 기술을 상실한 건 그때부터였다. 고향으로 돌아가는 길은 여태껏 걸어왔던 그 어느 길보다 멀고도 험난했다. 눈물이 앞을 가려 자꾸만 엉뚱한 곳으로 발걸음을 내딛었다. 샀던 길을 되돌아오고 되돌아온 길을 되돌아갔다. 발바닥에 물집이 터지고 발톱 세 개가 빠지고 발목 인대 두 개가 찢어지고 골반이 뒤틀린 노정이었다. 고향집이 있던 자리엔 학도병의 말대로 아무것도 남아 있지 않았다. 어머니의 버선 조각이라도 찾아보려고 땅을 파보았지만 손에 잡히는 건 검은 흙뿐이었다. 그는 하는 수 없이 뒷산에 가묘를 만들고 절을 올렸다.

나는 윤주 선배에게 문제의 대목을 들어내는 건 어떻겠냐고 조심스레 제안해보려다가 관두었다. 김영호 씨 인터뷰 건만 아니면 윤주 선배에게 조금은 더 다가갈 수 있는 기회가 생길 거라 생각했다. 나는 작업을 끝낸 편집본을 윤주 선배에게 이메일로 보냈다. 얼마 지나지 않아 선배로부터 고생 많았다며 답장이 왔다. 나는 부러 덤덤한 어조로 선배에게 차 한잔 할 수 있겠느냐고 메시지를 썼다가 지웠다. 이상하게도 선배에게 다가가려 할수록 더 멀어지는 기분이 들었고, 휴대폰을 만지작거리는 시간만 늘어났다. 그렇게 하루, 또 하루가 지나 반 년 가까운 시간이 흘렀다. 자연스럽게 구술 연구 또한 따로 진행했다. 동료 연구자로부터 듣기로 선배는 또 다른 인터뷰를 위해 지리산 일대를 오가고 있다고 했다. 그리고 나는 지난겨울 이후 도봉구에 거주 중인 구십 먹은 노인을 인터뷰했다.

이따금 노인들의 이야기를 듣다 보면 그들 주위에 견고한 벽 같은 게 쌓여 있다는 느낌에 사로잡히곤 했다. 도봉구에서 만난 그 노인도 그랬다. 그는 자기가 보고 겪은 것을 믿는 게 아니라 믿어야 하는 것을 믿는 사람처럼 보였다. 희한하게도 그 역시 어린 시절에 둔갑술이나 염력 따위의 기술을 가진 사람들을 본 적이 있다고 얘기했다. 그건 상식적이지도 않을뿐더러 사실이 아니었다. 그의 생애를 증명하는 모든 자료들은 그가 살아온 세상을 가리켰다. 하지만 그걸 직시하려고 하면 할수록 우매한 생각의 늪에 빠져들었고, 결국엔 그가 살았던 곳이 도대체 어떤 세상인지 종잡을 수 없게 되었다.

누군가의 삶을 듣고 기록으로 남긴다는 것에 대해 내 나름대로의 자부심을 가지고 있었다. 개인의 체험과 인식은 역사적 사건을 또 다른 측면에서 톺아보게 할 뿐만 아니라 역사적 담론을 이끌어낸다는 점에서도 가치를 지닌다. 나는 내가 가야 할 길을 명확하게 알고 있다고 생각했다. 하지만 이따금씩 내가 지금 무얼 하고 있는지, 어디로 가고 있는지 의문이 들곤 했다. 그동안 나는 누군가의 삶을 상식이라는 잣대로 이해하려고 했다. 당연하지 않는가. 상식은 상식에서 비롯된다. 나는 내가 가진 상식을 폐기할 수 없었다. 그런데 윤주 선배는 아니었다. 선배는 김영호 씨가 머리에 뿔이 두 개 달린 도깨비와 함께 살았다고 얘기했어도 곧이곧대로 믿었을 것이다. 대체 어떻게 그럴 수 있을까. 아무리 궁리해봐도 선배에게 다가갈 수가 없었다. 어쩌면 나는 여전히 한심한 속도로 걷고 있던 건지도 모르겠다.

소나기가 그친 어느 여름 오후, 나는 윤주 선배로부터 한 통의 메시지를 받았다. 나는 무턱대고 택시를 잡았다. 택시가 간선도로로 접어들자 가다 서다를 반복했다. 하지만 그보다 더 빠른 길은 없었다. 하는 수 없이 나는 택시 기사를 재촉했다. 장례식장에 도착한 건 해가 뉘엿뉘엿 질 무렵이었다.

로비에서 만난 요양보호사는 눈가에 그늘이 져 있었다. 그날 아침 김영호 씨는 요양보호사에게 그동안 고마웠다며 그의 손에 야쿠르트를 한 병 쥐어줬다고 한다. 나는 그와 인사를 나누고 빈소로 향했다. 빈소 입구에는 뒷굽이 닳은 운동화 한 켤레가 놓여 있었다. 무릎을 꿇은 채 멍하니 영정을 바라보고 있는 윤주 선배를 보자 숙연해졌다. 조문을 마치고 나오는 선배에게 나는 두 손을 모은 채 고개를 숙였다. 선배는 말없이 운동화를 신었다.

나는 상주와 맞절한 뒤 빈소를 돌아 나오며 김영호 씨의 영정을 다시 한번 바라보았다. 문득 요양원 복도에서 내게 기대어 숨을 가다듬던 그의 모습이 떠올랐다. 그러자 까닭 모를 자책감이 밀려들었다. 어쩌면 나는 그의 이야기를 처음부터 잘못 듣고 있었던 건지도 모른다는 생각이 들었다.

윤주 선배는 노을빛이 내려앉은 복도 끝에 서서 창밖을 바라보고 있었다. 나는 선배를 향해 한 걸음 한 걸음 다가갔다. 긴 그림자를 드리우고 있는 선배의 뒷모습이 어딘지 모르게 슬퍼 보였다. 하지만 그건 착각이었다. 선배는 창밖을 바라보며 미소 짓고 있었다. 선배의 시선이 가닿은 곳엔 저녁놀을 머금은 분홍빛 적란운이 뭉게뭉게 피어오르고 있었다. 나는 선배의 곁에서 넋을 놓은 채 구름을 바라보았다. 크고 작은 구름이 새하얀 물거품을 일으키며 서서히 갈라지기 시작했다. 그 사이로 거대한 분홍색 고래 한 마리가 수면 위로 힘차게 뛰어올랐다. 문득 그날 김영호 씨가 내 손을 잡고 중얼거렸던 말이 귓가에 맴돌았다.

내가 본 건 틀림없이 분홍색 고래였어.

홈

스트레스를 날려버리는 데에 사격만큼 좋은 취미도 없을 거예요.

몇 달 전 목동의 한 실내 사격장으로 나를 이끌던 영준 씨는 그렇게 말했다. 처음 만져본 권총은 묵직하면서도 차가웠다. 그런데 정작 나를 얼어붙게 만든 건 소리였다. 귀마개를 착용했음에도 불구하고 총소리는 온몸에 고스란히 전해졌다. 그래서였는지 내가 쏜 총알은 번번이 표적지를 빗나갔다. 그런 줄로만 알았다.

나를 지켜보고 있던 영준 씨가 느닷없이 브라보, 하고 외쳤다. 아니나 다를까 사람 형상의 표적지에는 작은 구멍 하나가 뚫려 있었다. 영준 씨는 사로(射路)에서 되돌아 나오던 나를 향해 손을 쳐들었다. 나는 얼떨결에 그와 하이파이브를 나누었다.

고객들을 상대하다 보면 이따금 영준 씨의 취미가 떠오르곤 했다. 그날도 어김없이 황당한 전화가 걸려왔다. 그중 '팜'이라는 닉네임을 쓰는 아이의 전화는 조금 특이했다. 나를 누나라고 부르던 그 아이는 며칠 전부터 상담을 핑계로 전화를 걸어와 생뚱맞은 애기를 늘어놓았다.

그래요? 그럼 서울까지도 단번에 올 수 있겠네요?

팜은 자기네 마을 사람들은 누구나 순간이동을 할 줄 안다며 너스레를 떨었다.

그렇긴 하지만 시간이 조금 걸릴 거예요. 눈에 보이는 곳까지만 점프할 수 있거든요.

나도 모르게 코웃음이 나왔다. 팜은 밤하늘에 보이는 달이나 별에 다녀오는 건 어렵지 않지만 단숨에 산을 뛰어넘는 건 곤란하다고 했다. 산 너머는 눈에 보이지 않다는 게 그 이유였다.

피로가 몰려왔다. 그날 오전만 해도 재작년에 구매한 좀비 시리즈가 마음에 들지 않는다며 환불해달라는 요구에 이어서 자기 아이가 게임에 중독되었다며 보상책을 마련하라는 등 온갖 전화가 빗발쳤다. 하물며 순간이동을 할 줄 안다니.

아이의 무궁무진한 상상을 다 받아주기에 나는 그렇게 한가하지 않았다. 특히나 월말을 앞두고 상담 보고서를 작성해야 할 때엔 더더욱 그랬다. 그렇지만 대놓고 통화를 거부할 수 없는 노릇이었다. 아이라 하더라도 엄연한 고객이었다. 아이라고 무시했다가 봉변을 당할 수도 있었다. 얼마 전 신참 하나는 단축키가 제대로 작동되지 않는다는 어린 유저의 클레임을 응대하다가 게임 설명서도 제대로 못 읽느냐며 비아냥거린 바람에 신고를 당해 고초를 겪기도 했다.

팜은 어딘지 모르게 우리말이 서툴렀다. 그래서 막연히 다문화

가정에서 자란 아이일지도 모를 거라 여겼다. 짐작건대 팜은 재작년에 출시된 〈레드 셀〉 시리즈의 마니아인 듯했다. 그도 그럴 것이 스피커 볼륨을 올려놓은 채 통화를 하는지 저편에서 총소리나 포탄 터지는 소리가 간간이 들렸고, 그때마다 머리끝이 주뼛거렸다.

〈레드 셀〉은 자극적인 소재가 많았음에도 불구하고 청소년 이용 가능 등급으로 시판되었다. 베트남전쟁을 소재로 제작된 그 게임의 스토리는 워낙 정교해서 어른 아이 할 것 없이 유저들로부터 큰 호응을 받았고, 판매량 또한 가파른 상향곡선을 그렸다. 아이들은 연이어 출시된 대규모 전투 콘텐츠에 열광했다. 그리고 게임 속 세계와 현실을 곧잘 착각하곤 했다. 팜 역시 그런 아이 중 하나일 거라고 생각했다.

그런데요 누나, 호랑이는 왜 줄무늬가 있는지 알아요?

그건 또 무슨 뚱딴지같은 소리인가.

아이의 궁금증을 해결해주기엔 내 머릿속은 이미 눅눅해져 있었다. 어느덧 창밖은 어둑했다. 먼저 퇴근한 영준 씨는 이십 분 전부터 회사 근처에서 기다리는 중이었다. 상견례를 앞두고 영준 씨는 구두를, 나는 블라우스를 사기 위해 함께 쇼핑을 하기로 약속한 터였다.

그런 건 부모님께 여쭤봐도 될 텐데요.

나는 조금은 냉랭하게 대답했다. 이내 심드렁해진 걸까. 팜은 말끝을 얼버무리더니 전화를 끊어버렸다. 한숨이 절로 나왔다. 게임에 빠져 허우적거리는 아이들의 부모는 도대체 어떤 사람일까. 호기심 많은 아이와 대화를 이어가는 것처럼 피곤한 일도 없었다. 나는 파우더 케이스를 열고 거울을 보았다. 눈가에 거뭇한 기미가 앉아 있었다. 나는 얼굴에 파우더를 펴 발랐다.

본사 기술지원팀에서 근무하는 영준 씨는 꽤나 규칙적인 생활을 하는 사람이었다. 그는 매일 새벽 다섯 시에 일어나 수영을 했고, 아침식사를 한 뒤 나를 데리러 왔다. 그러고는 당산동에 있는 상담 센터 앞에 나를 내려주고 여의도에 위치한 본사로 출근했다. 그는 시간을 허투루 쓰는 법이 없었다. 틈틈이 자기계발서를 비롯한 업무 관련 서적들을 탐독했고, 매주 두 차례 종로의 어학원에서 중국어를 배웠다.

영준 씨는 목동으로 들어서는 길목에서 신혼집에 대한 이야기를 꺼냈다.

이쯤이면 우리 둘 다 출퇴근하기에 적당할 것 같지 않아요?

영준 씨는 차창 밖으로 보이는 아파트 단지를 손가락으로 가리켰다. 그에게서 옅은 머스크 향이 났다. 아파트 꼭대기마다 작은 불빛이 반짝거리고 있었다. 나는 손톱을 만지작거리다가 문득 며칠 전 엄마와 나눈 얘기를 떠올렸다. 엄마는 그런 사람 없다며 영준 씨를 치켜세웠다. 그러더니 언니가 결혼할 때와 마찬가지로 영준 씨에겐 아빠에 대한 얘기는 안 하는 게 낫겠다고 했다. 그렇지만 내심 그렇게까지 할 필요가 있나 싶었다.

내가 열 살이 되던 해 가을, 아빠는 교통사고로 세상을 떠났다. 적어도 형부나 영준 씨는 지금껏 그렇게 알고 있었다. 하지만 처음부터 교통사고는 아니었다. 내가 중학교에 입학할 무렵 아빠의 사인은 심장마비였지만 고등학교를 졸업할 즈음에는 대장암으로 바뀌었다. 그러던 것이 언니의 결혼을 앞두고 교통사고로 굳혀져버렸다. 저세상에 있는 아빠에겐 미안한 일이지만 우리 가족 입장에서는 아무래도 그 편이 나았다.

영준 씨는 다가오는 주말에 아빠의 산소에 함께 가자고 제안했다. 아빠의 산소는 서울에서 차로 네 시간 정도 가야 하는 거리에 있었다.

모처럼 교외 나들이도 할 겸, 괜찮지 않아요?

영준 씨는 이미 주말 일정을 비워놓은 듯했다. 나는 뭐라 대답을 해야 할지 머뭇거리며 손거스러미 하나를 뜯어냈다.

생각해보고 말해줘요.

영준 씨는 내 표정을 살피며 말했다. 나는 마지못해 고개를 끄덕이곤 무심히 차창 밖을 내다보았다. 주홍빛 가로등 아래에는 낙엽들이 덕지덕지 쌓여 있었다.

아빠는 세상을 떠나기 전 집 근처에서 작은 전파상을 운영했었다. 내 기억에 두 평 남짓한 전파상에 있던 고물 라디오에서는 온종일 옛날 노래가 흘러나왔다. 그 시절 나는 교문을 나서자마자 전파상으로 직행해 아빠의 잡동사니들을 가지고 놀았다. 그러다가 까무룩 잠이 들면 아빠의 등에 업힌 채 집으로 돌아오곤 했는데, 넓고 따듯한 아빠의 등이 좋아서 가끔은 잠든 척하기도 했다. 전선을 자르거나 납땜을 하던 아빠에게선 언제나 싸한 금속 냄새가 났다. 외투 호주머니엔 스패너나 드라이버 같은 공구가 들어 있기 일쑤였다. 가만 생각해보면 그 시절 아빠의 몸은 멀쩡한 데가 없었다. 얼굴이나 팔다리엔 인두에 덴 흉터가 즐비했고, 손등에는 니퍼에 집힌 자국이나 철사에 긁힌 생채기가 도드라져 있었다. 엄마의 말에 따르면 아빠는 과묵하긴 했어도 온정이 많은 사람이었다고 한다. 아빠는 대개 전파상에 틀어박혀 지냈는데 일거리가 없을 때면 새시문 너머 거리의 사람들을 우두커니 바라보곤 했다. 그러다가 무거운 짐을 이고 가는 노인이라도 눈에 띄면 주저 없이 달려 나가 손을 내밀었다. 그런데 언제부터였을까. 아빠의 체온이 기억나지 않았다. 넓고 따듯했던 아빠의 등은 어느 날 갑자기 사라져버렸다.

좀 피곤해 보여요. 영준 씨는 백화점 주차장에 차를 세우며 말했다. 사람들 상대하는 일만큼 힘든 일도 없는 것 같아요. 그래서 하는 말인데, 결혼하면 좀 쉬는 게 어때요?

그가 내게 휴직을 권유한 건 처음이 아니었다. 내가 지쳐 보인다는 게 그 이유였다. 나는 고민해보겠다며 적당히 얼버무렸다. 그러자 그는 내 손을 움켜쥐더니 가볍게 흔들었다.

나는 영준 씨에게 갈색 구두를 골라주었다. 영준 씨는 내가 고른 블라우스 색상을 유심히 살펴보더니 진열장에서 작은 꽃무늬가 수

놓인 스카프를 가져와선 잘 어울릴 것 같다며 내 목에 대어보았다. 나는 계산대 앞에 서 있는 영준 씨의 뒷모습을 보며 왠지 모를 쓸쓸한 기분에 휩싸였다.

아빠는 꼭 그래야만 했을까. 나는 그때의 아빠보다 더 많이 살았지만 아빠의 선택을 도무지 이해하기 힘들었다.

아빠의 고향은 지리산 기슭에 자리한 산골 마을이었다. 여름방학이나 명절 때면 우리 가족은 아빠의 고향집인 할머니 댁을 찾았다. 할머니 댁 근처의 초등학교 구석에는 오래된 은행나무 한 그루가서 있었는데, 특이하게도 그 나무에는 건장한 남자 하나가 들어가도 남을 만한 크기의 홈이 패어 있었다. 언니와 나는 동네 아이들과 함께 그 나무 아래에서 술래잡기를 하거나 소꿉놀이를 하곤 했다.

어떻게 그 나무를 잊을 수 있을까.

수령이 좋이 400년은 넘었을 그 나무, 곧게 뻗은 우듬지와 노란 그늘, 신비한 보금자리 같기만 했던 나무의 밑동, 그리고 검은 홈. 아빠는 그곳에서 차갑게 식은 채 발견되었다. 아빠의 손끝에는 농약병이 놓여 있었다.

한국전쟁이 나던 해 여름에 태어난 아빠는 고등학교를 졸업할 때까지 고향집에서 살았다. 할머니가 살아계실 적에 해준 얘기로는 아빠가 태어난 이듬해 겨울 마을 사람들은 학교 운동장에 강제로 집결되었다고 한다. 그들은 그길로 냇가로 연행되어 영영 돌아오지 못했다. 다행히 할머니는 갓난아이였던 아빠와 그보다 두 살 많은 고모를 데리고 할아버지가 집 뒤에 파놓은 땅굴에 숨어서 목숨을 건질 수 있었다. 하지만 할아버지와 애지중지 키웠다던 큰아들은 다시 볼 수 없는 사이가 되고 말았다. 할머니는 당시 포탄의 파편에 맞아 왼쪽 눈을 다쳤는데, 그 시절 이야기를 할 때마다 우묵하게 함몰된 눈두덩에 눈물이 고이곤 했다.

할머니 댁 궤짝에 들어 있던 오랜 사진첩에는 고모와 아빠의 사진이 대부분이었다. 빛바랜 흑백사진 속 아빠는 헐렁한 검정 교복 차림에 까까머리를 한 앳된 소년이었다. 개중에는 한복을 입은 할머니와 함께 찍은 사진도 있었다. 할머니의 팔을 꼭 붙들고 있는 아빠는 수줍은 표정이었다. 그 사진은 아빠의 담임선생님이 봄소풍 때 찍어준 거였다. 할머니는 그날 아빠가 달걀을 먹고 급체해 사나흘 동안 시름시름 앓았다고 했다. 그러고는 까칠까칠한 손바닥으로 어린아이를 어루만지듯 사진첩을 매만지며 긴 한숨을 내쉬었다. 내가 스물두 살이 되던 해에 할머니는 눈을 감으셨다. 나는 유품을 정리하다가 할머니의 사진첩에서 내가 알고 있던 아빠와는 사뭇 다른 분위기의 사진 한 장을 발견했다.

다른 사람 같아.

언니와 나는 불에 탄 마을을 배경으로 찍은 흑백사진에 시선이 붙박인 채 입을 다물지 못했다. 커다란 야자수 아래 서 있는 아빠의 두 눈엔 묘한 광채가 서려 있었다. 소매를 걷어붙인 채 소총을 거머쥔 아빠의 팔뚝은 나무토막처럼 단단해 보였다. 사진 하단에는 비스듬한 필체로 적힌 날짜가 푸르스름하게 번져 있었다. 그러니까 그 사진은 아빠의 스물한 살 때 모습이었다. 아빠가 베트남전에 다녀왔다는 얘기는 고모로부터 익히 들어서 알고 있었다. 고모 말로는 아빠가 이상해진 건 그 이후부터였다고 한다.

멀쩡히 돌아왔길래 괜찮은 줄 알았지. 마음에 병을 얻어왔을 줄이야 누가 알았겠어.

서둘러 결혼이라도 하면 정신을 차리겠거니 싶어 맞선까지 주선한 고모였다. 하지만 가정을 꾸린 후에도 아빠의 머릿속은 스멀스멀 곪아가고 있던 모양이었다. 그래도 그렇지 아내와 어린 두 딸, 그리고 노모를 남겨두고 그런 결정을 할 수 있을까.

그런 사람이었지.

엄마는 아빠의 기일이면 초를 밝혀두고 그렇게 흥얼거렸다. 엄마의 한숨소리를 듣다보면 내 앞에 놓여 있는 촛불이 어느새 까마득히 멀어져 보이곤 했다.

영준 씨는 미리 예약해두었다며 6층 식당가로 나를 이끌었다.

그거 알아요? 다음 주에 우주 쇼가 있을 거래요.

영준 씨는 음식을 주문한 뒤 내게 말했다. 그러면서 그날 밤 별똥별을 보며 소원을 빌자고 했다. 그는 고민해보겠다는 내 대답에 아랑곳하지 않고 연신 싱글벙글했다.

한결같다는 건 좋은 걸까 아니면 나쁜 걸까.

그러고 보면 일 년 가까이 영준 씨를 만나오며 단 한 번도 다툰

적이 없었다. 그도 그럴 것이 그는 언제나 다정했고 누구보다 나를 먼저 배려했다. 왜인지 모르겠지만 그런 모습이 더러 부담스러울 때도 있었다.

게살 수프와 새싹 샐러드로 구성된 애피타이저에 이어 안심스테이크가 나왔다. 영준 씨는 음식을 앞에 두고 하와이로 신혼여행을 떠나는 게 어떠냐며 내 의견을 물었고, 그곳에서만 자생한다는 희귀한 나무에 대해 설명해주었다. 그는 이미 비행기표와 투숙할 호텔도 검색해둔 모양이었다.

영준 씨는 매사 준비가 철저했고, 자립심도 강한 편이었다. 아마 실내 사격장으로 나를 이끌던 날이었을 것이다. 그는 휴대폰에 저장된 몇몇 사진들을 내게 보여주었다. 검게 그을려 있는 그의 얼굴을 보자 묘한 기시감이 들었다. 누런색 군복 차림의 그는 녹슨 전차 앞에 서 있었다. 그곳은 찢어진 타이어와 찌그러진 드럼통 따위가 널브러져 있는 황량한 폐허였다. 그는 대학을 휴학하고 입대하자마자 이라크 파병 부대에 지원했는데, 덕분에 학비를 스스로 해결할 수 있었다고 했다.

위험하진 않았어요?

그는 어깨를 으쓱거리더니 군종목사가 타고 있던 방탄차량이 로켓탄 공격을 받은 적이 있었다며 그날의 무용담을 늘어놓았다. 결국엔 누가 먼저랄 것도 없이 무차별 사격을 했다는 것인데……. 그의 목소리는 어느새 달떠 있었다.

많이 무서웠겠어요.

나는 소곤거리듯 내뱉었다. 그러자 영준 씨는 소대장이 멍청했던 것보다 더 두려운 것은 없었다며 대수롭지 않은 듯 피식 웃어 보였다.

운이 좋긴 했어요. 다친 사람은 아무도 없었으니까요.

그러더니 영준 씨는 또 다른 사진을 보여주었다. 철조망 건너편에 히잡을 쓴 한 여인이 아이를 등에 업고 있었다.

사실 우린 그들과 싸우기 위해 그곳에 간 게 아니었어요. 부서진 도로나 집들을 재건하고, 다친 사람들을 돌보는 게 우리의 임무였으니까요.

나는 영준 씨의 얘기를 귀 밖으로 들으며 사진을 살폈다. 여인의 눈매에는 그늘이 서려 있었고, 아이는 울먹거리는 듯한 표정을 짓고 있었다. 아이의 작은 어깨 너머 허허벌판에는 한 무리의 양떼가 보였다. 문득 방탄차량 공격을 받았다던 날 발사된 수많은 총알은 어디에 떨어진 걸까 궁금했다.

철조망을 넘어오려는 걸 붙잡은 거예요.

여인은 주둔지 안에 있는 병원을 이용하기 위해 찾아온 거였다. 영준 씨는 철조망을 사이에 두고 그 여인과 함께 700미터 정도를 걸어 위병소에 인계해주었다며 덧붙였다.

다행히 아이는 무사했다고 하더군요.

그제야 아이의 한쪽 팔이 때 묻은 천으로 칭칭 감겨 있는 게 눈에 띄었다. 아이는 발목지뢰를 잘못 건드린 바람에 팔이 잘려나간 거라고 했다.

그런데 그게 어째서 무사하다는 걸까.

나는 다시 한번 사진을 보았다. 초원 위를 유유히 거닐고 있는 양 떼와 짙푸른 하늘이 어쩐지 비현실적으로 느껴졌다.

영준 씨는 내 잔에 와인을 따라주고 자신의 잔도 채웠다.

그런데 말이에요. 예전에 보여줬던 그 사진, 직접 찍은 거예요?

영준 씨는 스테이크 한 조각을 입에 넣고는 고개를 갸웃거렸다.

병원을 찾아왔다던 그 아이 말이에요.

아, 그거. 영준 씨는 입에 든 음식을 오물거리며 말했다. 현장을 사진으로 남겨야 했거든요.

그러니까 사진 촬영은 영준 씨가 따라야 할 매뉴얼 중 하나였던 셈이다. 가족 식사를 하고 있던 창가 쪽 자리가 잠시 소란스러워졌다. 아이가 실수로 유리잔을 깨뜨린 모양이었다. 아이의 부모는 아이가 다친 곳은 없는지 손등이며 얼굴을 살펴보곤 종업원을 불러 깨진 유리잔을 치워달라고 부탁했다.

식사를 마친 후 영준 씨는 늘 그래왔듯 나를 집 앞까지 데려다주었다. 헤어지기 전 가벼운 입맞춤도 잊지 않았다. 샤워를 하고 나오자 영준 씨로부터 잘 자라는 메시지가 도착해 있었다. 문득 그에겐 나에 대한 어떤 매뉴얼도 있진 않을까, 그런 생각이 들었다. 영준 씨는 다음 날 아침에도 어김없이 집 앞에서 나를 기다리고 있을 것이다. 그러곤 나를 회사 앞까지 데려다주겠지.

나에게도 매뉴얼은 있었다.

가끔씩 몰상식한 전화가 걸려오곤 했다. 그러한 전화에 대한 매뉴얼은 다양하고도 구체적이었다. 그렇지만 간혹 할 말조차 없게 만드는 전화도 걸려왔다. 얼마 전에 한 사람은 다짜고짜 새로 산 텔레비전이 먹통이라며 불평을 해댔다. 명명백백 번지수를 잘못 찾은 전화였다. 그런 통화를 하고 나면 맥이 쑥 빠졌다. 그러다가 게임에 대한 문의 전화를 받으면 도리어 버벅거리기 일쑤였다.

의외로 다음 날은 평온했다. 상담 횟수도 평소와 달리 적은 편이었다. 퇴근 무렵 화장실을 다녀왔을 때 사무실을 나서던 한 동료가 내 자리를 가리켰다. 전화벨이 울리고 있었다. 전화를 걸어온 이는 팜이었다. 상담 전화는 랜덤 방식으로 연결되는데 그 애의 전화는 공교롭게도 나에게만 연결되었다.

팜은 훌쩍거리고 있었다.

플레이 영상을 틀어놓았는지 저편에서 헬리콥터가 날아다니는 소리와 산발적인 총소리가 뒤섞여 들렸다.

무슨 문제라도 생겼나요?

나는 저편의 소리에 귀를 기울였다. 멀리서 사람들의 비명 소리가 들렸다.

아저씨들이 거짓말을 했어요.

팜의 목소리가 파르르 떨렸다. 그 순간 나는 팜이 무슨 얘기를 하는 건지 이해할 수 없었다.

아저씨들?

우리를 도와주겠다고 했던 아저씨들이요.

그 아저씨들이 왜요?

로안을 끌고 갔어요.

로안이 누군데요?

친구예요.

나도 모르게 한숨이 새어 나왔다. 그게 울먹거릴 일인가. 나는 유니폼의 허리 지퍼를 느슨하게 풀었다. 상황을 정리해보면 팜과 함께 게임을 하던 로안이란 캐릭터를 상대 유저들이 끌고 갔다는 얘기 같았다. 간혹 게임 캐릭터와 자기 자신을 동일시하는 유저들이 있었다. 팜처럼 망상에 사로잡혀 게임 속을 허우적거리는 게 드문일은 아니었다. 어릴수록 더더욱 그랬다. 그래서 팜과 같은 아이들을 게임 밖으로 끌어내기 위해선 인내심이 필요했다.

그러니까 줄곧 로안과 함께 있었던 거예요?

팜은 그렇다고 대답했다. 로안은 팜의 동갑내기 친구였다. 팜은 로안과 함께 마을 근처에 숨어 있다가 목걸이를 잃어버렸다고 했다.

목걸이?

아빠가 나무 열매로 만들어준 거예요.

그런 아이템도 있었던가. 혹시나 싶어 〈레드 셀〉의 아이템 목록을 검색해보았다. 여러 종류의 목걸이 아이템이 서브 모니터에 나열되었다. 하지만 팜의 얘기만으로는 어떤 아이템을 말하는 건지 파악하기 어려웠다. 아무래도 팜은 놀란 나머지 횡설수설하는 듯했다.

　아저씨들이 화가 나 있었어요.

　팜의 목소리는 다시 부들부들 떨렸다. 팜은 아저씨들이 이따금 마을에 들러 아이들에게 사탕이나 초콜릿 따위를 주고 갔다고 했다. 그런데 지난밤 느닷없이 들이닥쳐 마을 사람들에게 총알을 퍼붓고는 로안을 어딘가로 끌고 갔다는 것이다. 그로 인해 팜은 적잖이 충격을 받은 모양이었다. 추측건대 팜은 다른 유저들이 설치한 함정에 빠져 습격을 당한 것 같았다. 〈레드 셀〉과 같은 게임에서는 흔한 일이었다. 그런데 중요한 문제는 따로 있었다. 팜이 게임에 지나치게 몰입한 듯 보였다. 어쩌면 자기만의 전쟁터에서 외톨이가 된 심정일지도 모른다. 우선은 팜이 처해 있는 상황을 수긍해주는 편이 나을 듯했다. 그런 다음 그 애가 있는 곳이 단지 게임 속 세계일 뿐이라는 사실을 일깨워주는 게 어떨까 싶었다.

　무엇보다 팜이 무사해서 다행이라고 생각해요. 나쁜 아저씨들을 물리칠 기회가 생긴 거잖아요.

　팜은 잠자코 듣고 있는 듯했다. 저편에서 풀벌레 우는 소리가 희미하게 들렸다.

　그런데 엄마 아빠는 지금 어디에 계시죠?

　아이들에게 현실을 환기시키는 방법은 다양했다. 그중 아이들의 부모만큼 현실적인 존재도 없었다. 물론 그건 팜과 같은 아이들을 다룰 때 가장 잘 먹혀드는 매뉴얼이기도 했다.

저기……. 팜은 우물쭈물했다. 별에요. 금방 다녀온다고 했어요.

아! 그 애의 얼굴이 그때만큼 궁금했던 적이 있었던가. 그 애의 마을 사람들 모두가 순간이동을 한다는 사실을 잊고 있었던 게 뭐람. 하마터면 헛웃음이 터져나올 뻔했다. 누구에게나 무지개에서 미끄럼을 타거나 파란 하늘을 붕붕 날아다닐 수 있을 거라 믿었던 어린 시절이 있지 않은가. 그 시절에는 이상한 나라의 앨리스처럼 토끼와 얘기를 나눌 수도 있고, 해리포터처럼 마법 가득한 세상을 모험하는 것도 어렵지 않을 테니까.

그럼, 팜은 지금 어디에 있는 거죠?

나는 화제를 돌렸다.

나무에요.

나무?

팜은 나무뿌리 사이에 숨어 있다고 했다. 그러면서 아무에게도 알려주면 안 된다고 신신당부했다. 만약 내가 그 애 곁에 있었다면 새끼손가락이라도 걸어야 할 것만 같았다. 아마도 그곳은 그 애의 아지트인 듯싶었다. 그때였다. 별안간 풀벌레 소리가 멎었다.

누나, 소리 내면 안 돼요. 아저씨들이 다시 나타났어요.

팜은 나직이 속삭였다. 그와 동시에 나뭇가지가 부러지는 소리가 들렸다. 사방에서 적이 조여오고 있는 모양이었다. 묘한 정적이 감돌았다. 아무래도 팜의 게임은 승산이 없어 보였다. 나 같았으면 진작 포기했을지도 모른다. 하지만 팜은 그러지 않았다. 어떻게든 저

혼자서 극복할 수 있다고 생각하는 듯했다. 그런 팜이 어쩐지 안타깝게 여겨졌다. 하지만 내가 팜을 위해 해줄 수 있는 건 아무것도 없었다. 마침 영준 씨로부터 메시지가 도착했다. 늘 그렇듯 그는 회사 근처에서 기다리는 중이었다. 나는 곧 내려가겠다고 답장을 보냈다. 언제까지 아이의 게임에 동참하고 있을 수 없는 노릇이었다.

얼마나 시간이 흘렀을까, 팜이 있는 저편은 여전히 고요했다. 나는 조금은 사무적인 어조로 저편의 고객을 불렀다. 그러자 기다렸다는 듯이 푸드득거리는 소리가 들렸다. 그러곤 연이은 총성이 귀를 때렸다.

팜?

총성은 금방 멎었지만 저편에서는 아무런 응답이 없었다. 나는 신경을 곤두세우고 저편의 소리에 귀를 기울였다. 다시 풀벌레 우는 소리가 들리기 시작했다. 이상하게도 자꾸만 가슴이 콩닥거렸다.

나는 책상을 정리하고 사무실을 나서며 내 자리를 돌아보았다. 까만 모니터 너머 어딘가에서 팜이 숨죽인 채 숨어 있을 것만 같았다. 왠지 모르게 잘못을 저지르고 도망치는 기분이 들었다. 로비를 나서자 영준 씨의 차가 보였다. 그는 차에서 내려 내게 손을 흔들었다.

생각해봤어요?

영준 씨는 내게 안전벨트를 채워주며 물었다. 라디오에서 다음 날은 쾌청한 가을 하늘을 볼 수 있을 거란 일기예보에 이어 음악이 흘러나왔다.

거리도 멀고, 아무래도 다음에 다녀오는 게 나을 것 같아요.

나는 영준 씨의 옆얼굴을 바라보며 대답했다. 영준 씨는 입가에 미소를 머금은 채 라디오 볼륨을 줄이더니 차를 출발시켰다. 나는 사무실 쪽 유리창을 힐끗 올려다보았다. 어쩐지 팜이 나를 지켜보고 있을 것 같았다. 그 순간 덤프트럭 한 대가 우리를 앞지르는 바람에 차체가 흔들렸다. 나도 모르게 어깨가 움츠러들었다. 영준 씨는 태연하게 핸들을 돌려 차선을 변경했고, 곧바로 질주했다. 그와 나 사이에 미묘한 침묵이 감돌았다. 나는 그의 손등에 도드라진 혈관을 보다가 무심코 그와 함께할 앞날을 그려보았다. 새집을 장만하고, 식탁 앞에 마주 앉아 함께 식사를 하고, 침대에 누워 서로의 숨 냄새를 맡고, 아이를 갖고, 또 그 아이가 커가는 모습을 보며 조금씩 조금씩 늙어가게 될, 그런 삶에 대해…….

저기 앞에 내려주세요.

영준 씨는 나를 집 앞에 내려주며 쇼핑백 하나를 건넸다. 그 안엔 수제쿠키와 유기농 주스가 들어 있었다.

좀 쉬고 있을래요?

영준 씨는 어학원에 다녀와서 심야 데이트를 하자고 했다. 나는 컨디션이 좋지 않다고 둘러댔다. 그가 머쓱하게 웃고선 내 손을 잡았다. 그로부터 두어 시간이 지났을 무렵, 영준 씨는 아무래도 상견례 전에는 아빠의 산소에 인사를 드려야 할 것 같다며 메시지를 보내왔다. 나는 휴대폰 모서리를 손톱으로 끄적거렸다. 휴대폰 배경

화면에는 엄마와 언니, 그리고 내가 환하게 웃고 있었다. 그건 언니의 결혼을 앞두고 찍었던 가족사진이었다. 나는 마지못해 영준 씨에게 답장을 보냈다.

일기예보와 달리 다음 날 하늘은 어둑했고 가을비가 추적추적 내렸다. 나는 출근하자마자 '팜'이라는 닉네임을 쓰는 구매자 정보를 비롯해 고객 상담 접수 기록을 확인했다. 생뚱맞게도 아이템 중 하나인 네이팜탄의 기능에 대한 문의만 검색될 뿐 그 어떤 정보도 찾을 수가 없었다.

팜은 어떻게 된 걸까.

어쩌면 늦은 밤까지 게임에 파묻혀 지냈을지도 모르지. 그런 생각이 들다가도 문득 그 애가 걱정되기도 했다. 몇 건의 고객 상담을 처리하고 점심시간이 다가올 무렵, 나는 한 유저로부터 〈레드 셀〉에 관련된 뜻밖의 전화를 받았다.

분명 다 제거했거든요. 그런데 다음 스테이지로 넘어가질 않아요.

상대는 〈레드 셀〉에 오류가 있는 것 같다며 볼멘소리로 항의했다. 나는 확인해보겠다며 통화 대기 버튼을 눌렀다. 여느 때 같았으면 대수롭지 않게 여겼을 테지만 낯선 목소리 탓인지 신경이 곤두섰다. 나는 잠깐 고민하다가 마지못해 기술지원팀에 있는 영준 씨에게 전화를 걸었다.

다음 스테이지로 진행이 안 된다고요? 그럴 리가 없는데.

저편에서 키보드를 두드리는 소리가 났다.

소스 코드에는 아무런 문제가 없어요. 정상적으로 작동중이에요. 아마 그 사람이 클리어 하지 않았을 거예요. 그러니까 아직 누군가 살아남아 있다는 거죠.

나는 그제야 유저가 있는 스테이지가 어디인지 짐작이 됐다. 그는 클리어를 하기 위해 지난 며칠간 스테이지를 쑥대밭으로 만들어놓았을 것이다.

그냥 클리어 한 걸로 해주면 안 될까요?

네?

영준 씨는 조금 놀란 눈치였다.

혹시 아는 사람인가요?

그게 아니라…….

나는 유저가 여간 집요한 게 아니라고 말하려다 말고 숨을 골랐다.

그냥, 부탁 좀 할게요.

나는 영준 씨의 반응을 살폈다. 침묵하는 걸로 봐서는 방법이 없진 않아 보였다. 영준 씨는 유저의 전화를 자기에게 연결해달라고 했다. 그렇게 모든 게 해결되는 듯했다. 창밖을 보니 빗줄기는 점점 거세지고 있었다.

오후가 되자 쾌청한 가을 하늘은커녕 천둥번개까지 동반한 폭우가 쏟아졌다. 가을비치고는 전례가 없을 정도로 많은 양이었다. 시내 곳곳이 침수되고 인명사고도 잇따랐다. 잠깐이긴 했지만 상담센터 건물 전체가 정전이 되기도 했다. 다행히 금세 복구가 된 듯싶었지만 업무용 서버 일부가 손상된 모양이었다. 그로 인해 시설팀 직원들이 오후 늦게까지 사무실을 들락거렸다. 팜에게 전화가 걸려온 건 시설팀 사람들이 장비를 챙겨 들고 전산실에서 하나둘씩 나올 무렵이었다.

팬찮아요?

왜 그랬는지 모르겠지만 나는 팜을 안심시키고 싶었다. 그 애를 괴롭히는 아저씨들은 더 이상 그곳에 없다고. 하지만 팜은 너무나 겁에 질려 있는 것 같았다.

그 애는 주눅 든 목소리로 무언가 중얼거렸다. 나는 귀를 기울였다. 하지만 폭우 탓인지 잡음이 섞여 단번에 알아듣기 힘들었다.

아직도 나무뿌리 사이에 숨어 있는 거예요?

팜은 한참 동안 혼잣말로 흥얼거리더니 더 이상 숨을 곳이 없다고 얘기했다.

그게 무슨 말이에요?

다 타버렸어요.

그러니까 팜이 살던 마을은 물론 숲까지 모조리 잿더미가 됐다는 얘기였다. 팜은 심한 충격을 받은 듯했다. 아무래도 게임에서 헤어나오려면 꽤나 시간이 걸릴 것 같았다. 어쩌면 아이의 부모에게 사실을 알린 뒤 회사와 협약되어 있는 심리센터를 소개해주는 게 나을 성싶었다. 하지만 그보다 앞서 아이를 안정시켜야 했다. 별안간 천둥소리가 들리는가 싶더니 다시 팜의 목소리가 들렸다. 우리는 마치 주파수가 맞지 않는 무전기로 교신하는 것 같았다.

괜찮아요. 다시 시작하면 돼요. 이건 게임일 뿐이에요.

저편에서 우두둑거리는 소리가 났다.

이런 걸 게임이라고 하는 건가요?

팜은 바르르 떨리는 목소리로 되물었다. 그 애에게 뭐라고 대답해주어야 할까. 나는 빗방울이 차락거리는 유리창을 보았다. 팜이 있는 곳에도 비가 내리고 있는 모양이었다. 문득 얼마 전 팜과 나눈 이야기가 떠올랐다. 무슨 이유에서인지 팜의 마을 사람들은 마음만 먹으면 어디로든 순간이동을 할 수 있다는 것인데…….

그런데 왜 떠나지 않는 거예요?

아마도 그날 그렇게 물었던 것 같다. 팜의 대답은 의외로 간명했다.

엄마 아빠를 기다려야 하니까요.

팜은 늘 그런 식이었다. 당연한 얘기지만 팜의 이야기를 곧이곧대로 믿는 건 아니었다. 하물며 나는 그 애만큼 상상력이 풍부하지도 않았다. 그런데 이상하게도 그 애의 얘기를 듣다 보면 낯선 세계를 허우적거리고 있는 유령의 모습이 눈앞에 아른거렸다.

거짓말 같겠지만 이건 게임이에요.

아뇨. 게임이란 게 거짓말이겠죠.

팜의 음색이 그때만큼 차갑게 느껴졌던 적이 있었던가. 순간 나는 할 말을 잃고 말았다. 별안간 창밖이 고요해지는가 싶더니 번개가 번쩍이며 건물이 흔들릴 정도로 요란한 폭발음이 울렸다. 몇몇 동료들이 귀를 틀어막으며 짧은 비명을 내질렀다. 나는 다급히 팜을 불렀다. 저편에선 치직거리는 잡음만 들려왔다.

팜은 대체 어디에 있는 걸까.

나는 휴대폰을 들었다. 영준 씨에게 어떻게 처리한 거냐고 묻고 싶었다. 물론 그의 일처리가 미덥지 못한 건 아니었다. 하지만 이내 휴대폰을 내려놓았다. 어쩐지 그는 자신이 해야 할 일을 했을 뿐이라고 대답할 것만 같았다.

주말 고속도로는 정체가 심했지만 영준 씨는 소풍이라도 가는 듯 콧노래까지 흥얼거렸다. 비 그친 하늘은 청량한 빛깔이었다. 슬며시 잠이 들었다가 깼을 때 자동차는 고속도로를 벗어나고 있었다. 영준 씨는 나를 힐끗 보더니 어깨 아래로 흘러내린 간이담요를 여미어주었다. 우리는 읍내의 작은 마트에 들러 사과와 북어 등 산소에 가져갈 음식을 샀다. 서울 사람들과 다른 억양이 귓가에 스쳤다. 아빠의 억양도 그랬던가, 떠올려보려고 했지만 기억이 가물가물했다.

산소는 아빠의 고향집에서 그다지 멀지 않았다. 영준 씨는 봉분 앞에서 절을 하고는 듬성듬성 웃자란 잡초를 뽑았다.

경치가 좋네요.

영준 씨는 손을 털고선 먼 산을 바라보며 숨을 크게 들이마셨다. 그러면서 내 어깨에 가만히 손을 얹었다. 풀 냄새가 코끝에 스쳤다.

산소에서 돌아 나오는 길에 나는 영준 씨에게 마을 초입에 있는 폐교 앞에 잠시 차를 세워달라고 부탁했다. 교문이 있던 자리는 녹슨 쇠사슬로 가로막혀 있었다. 갓길에 주차를 하고 뒤따라온 영준 씨는 운동장으로 들어가더니 바람 빠진 축구공을 발로 힘껏 찼다. 축구공은 빗물이 괸 작은 웅덩이에 떨어졌다.

이 학교에 다닌 애들은 좋았겠어요.

영준 씨는 모처럼 서울을 벗어나서인지 여느 때보다 쾌활해 보였다. 운동장엔 비에 젖은 잡초가 군데군데 군락을 이루고 있었고, 바람이 불 때마다 땅바닥에 들러붙어 있던 젖은 낙엽들과 함께 힘없이 파들거렸다. 나는 노랗게 물들기 시작한 은행나무를 향해 발걸음을 뗐다. 나뭇가지가 닿아 있는 담장 아래에는 부서진 장난감과 녹슨 세발자전거가 어지러이 널브러져 있었다. 나는 나무 둘레를 따라 천천히 돌다가 멈춰 섰다. 나무의 홈은 회색 시멘트로 뒤덮여 있었고, 가장자리에는 자잘한 이끼가 밑동까지 돋아 있었다. 나는 손끝으로 이끼를 매만지다가 쪼그려 앉았다. 빗물이 촘촘히 스미어 있는 이끼는 부드러우면서도 차가웠다. 문득 사진첩에서 보았던 아빠의 앳된 얼굴이 떠올랐다.

아빠는 뭐가 그렇게도 부끄러웠던 걸까.

이마 위로 작은 물방울이 떨어졌다. 나도 모르게 어깨가 움츠러들었다. 물방울은 눈가를 가로질러 곧장 얼굴 위로 흘러내렸다. 영준 씨는 호주머니에서 손수건을 꺼내어 내게 건넸다. 나는 비스듬히 서 있는 영준 씨를 멍하니 올려다보았다. 영준 씨는 나를 향해 희미한 미소를 지어 보였다.

여기서 언니와 함께 숨바꼭질을 했었어요. 그리고…….

영준 씨는 고개를 갸웃했다. 어디서 주워온 건지 그의 손에는 흙이 덕지덕지 묻어 있는 장난감 총이 들려 있었다. 나는 차마 말을 이을 수 없었다.

영준 씨는 아빠의 산소에 다녀온 이후 결혼 준비를 보다 서둘렀다. 가전제품이나 침구류의 견적을 비교해본다며 퇴근 이후에 매일같이 백화점을 들락거렸다. 부동산 링크를 보내더니 돌아오는 주말에는 함께 집을 보러 가자고 했다. 그는 매순간 내 의견을 물어왔고 그때마다 나는 내가 원하는 게 뭔지 몰라 고민에 빠졌다. 그런 내눈치를 살피던 그는 상견례를 하루 앞두고 모처럼 스트레스를 풀러 가자며 실내 사격장으로 나를 이끌었다.

그는 사격장에서 단 한 발의 총알조차 허투루 허비하지 않았다. 그의 총구에서 불꽃이 번쩍거렸다. 문득 그의 스트레스는 무엇일까 궁금했다. 나는 총성이 울릴 때마다 가슴이 철렁했다.

사격을 끝낸 그의 이마 위로 머리카락이 흘러내려 있었다. 사람 형상의 표적지에는 총탄 자국이 빼곡했다. 영준 씨는 흐뭇하게 웃으며 내게 다가와 귀마개를 매만져주었다. 그의 소매에서 머스크 향이 났다. 전에도 그렇게 진했던가. 마치 무언가 내 머리를 꽉 옥죄는 기분이었다. 나는 귀마개를 벗었다.

왜 그래요?

못 하겠어요.

이건 단지 게임일 뿐이에요.

그게 아니라······.

그날 밤 우리는 안양천을 따라 걸으며 꽤 많은 대화를 나누었다. 저 멀리 그가 출퇴근하기에 적당할 것 같다던 아파트엔 불빛이 드문드문 꺼져갔다. 그러는 동안 우리의 대화는 자주 겉돌았다. 무슨 생각에서였을까, 혹시 유령을 본 적 있느냐고 그에게 물었다. 그는 웃음을 흘리며 멀뚱멀뚱 내 얼굴을 쳐다보았다.

세상엔 상식 밖의 일들이 아무렇지도 않게 벌어지곤 하잖아요.

그렇긴 하죠.

그는 덤덤한 투로 말했다. 나는 발걸음을 멈추고 하천을 바라보았다. 수많은 자동차 라이트가 수면 위를 미끄러져 갔다.

영준 씨는, 좋은 사람 같아요.

나는 그에게 두서없이 터놓았다. 그건 사실이었다. 그는 언제나 내게 자상하고 친절했다. 나를 위해서라면 무엇이든 다 해줄 것만 같았다. 그리고 내가 아는 어느 누구보다 그는 성실했다. 그는 그런 사람이었다.

밤거리가 쌀쌀했다. 영준 씨는 내 목에 두른 스카프를 여미어주는가 싶더니 호주머니에서 목걸이를 꺼내어 내게 걸어주었다. 금속의 차가운 감촉이 뒷덜미에 전해졌다.

어렵게 생각하지 말아요.

그는 다 이해한다는 듯 말했다.

먼 하늘에 작은 점 하나가 하얀 선을 그으며 떨어졌다. 자전거를 탄 아이들이 환호성을 지르며 쏜살같이 내 곁을 스쳐지나갔다. 천변에 있던 사람들은 밤하늘을 올려다보았다. 여기저기에서 찰칵거리는 소리가 들렸다. 영준 씨는 휴대폰을 꺼내어 오늘을 기념하자며 사진을 찍었다.

그 순간 나는 어떤 표정을 짓고 있었을까.

영준 씨는 무슨 생각을 하느냐고 물으며 내 손을 꼭 붙잡았다. 그의 손은 따뜻했다. 그렇지만 나는 끝끝내 아빠의 얘기를 꺼낼 수 없었다. 하나둘씩 떨어지던 별똥별은 이윽고 우수수 쏟아져 내렸다. 섬광과 함께 일순간 하늘이 환해졌고, 사람들의 탄성이 터져 나왔다. 그는 조용히 내 어깨를 감쌌다.

그날 밤 나는 영준 씨와 헤어지고 난 후에도 오랫동안 밤하늘을 바라보았다. 그 애는 지금쯤 엄마 아빠를 만났을까, 문득 그런 생각이 들었다. 어쩌면 우리의 대화는 꽤 오래전부터 겉돌고 있던 건지도 모르겠다. 그 사실을 그는 이해할 수 있을까. 그에게 묻고 싶었지만 푸르스름한 하늘에는 어느덧 샛별이 꺼져가고 있었다.

피치카토 폴카를 듣는 시간

아무도 없나요?

…….

나는 지구에서 온 에그입니다. 누구든 내 얘기가 들리면 응답해 주세요. 나는 이제 일주일 후면 아마도 저기, 작게 빛나고 있는 행성에 충돌할 것입니다. 소량의 산화플루토늄만 있다면 달음박질칠 수도 있겠지만 발전기는 오래전에 내다 버렸답니다. 물론 남은 이온 연료를 분사해 비껴가거나 항성 중력을 이용해 멀리 달아날 수도 있겠죠. 하지만 그래봤자 무슨 의미가 있을까요. 이제 그만 쉬고 싶습니다. 나는 지칠 대로 지쳤습니다. 주먹만 한 내 몸은 고작 0.1마이크로그램 정도의 미소운석과 사투를 벌이느라 곰보 자국으로 가득합니다. 물론 그것은 여기까지 온 영광의 상처이기도 하죠. 이미 짐작했겠지만 나는 보잘것없는 작은 무인 우주탐사선에 불과합니다. 나의 수많은 동료들은 실종되었거나 임무에 실패했습니다. 안타깝게도 우리는 고향으로 되돌아갈 수가 없답니다. 나라고 다를 바 있겠습니까. 어차피 그런 운명인 걸요.

어쩌면 나는 우주를 유랑 중인 지구의 마지막 파편일지도 모릅니다. 그러나 고작 주먹만 한 크기라고 얕잡아보면 서운할 수밖에요. 내 몸엔 캄보디아의 티타늄과 카자흐스탄의 크롬과 베네수엘라의 알루미늄 등 지구 각지에서 채굴한 광물의 부산물로 만든 첨단 장치가 가득합니다. 심장에 해당되는 동력 장치와 두뇌 격인 나노 회로에만 하더라도 각각 10만여 개의 정밀 부품이 집적되어 있죠. 내장된 41개의 탐사 장비는 내가 지구를 떠나올 당시 최고 수준의 것들이었습니다. 그뿐이겠습니까. 미지의 행성인과 만났을 때 축하곡으로 사용할 요한 슈트라우스의 피치카토 폴카를 비롯해 수많은 사절용 음악들과 지구상에 존재하는 모든 언어와 문화유산까지 꾹꾹 눌러 담았습니다.

내가 태어난 것은 흥겨운 캐럴이 흘러나오던 어느 겨울 저녁이었습니다. 그 무렵 하만 박사는 오래전부터 눈여겨보고 있던 행성 하나를 지목했습니다. 지구로부터 약 1.5광년 거리에 있는 반짝반짝 빛나는 행성이었는데 생명체가 있을지 모른다는 가능성이 제기되어 왔었거든요. 울퉁불퉁한 그 행성은 오래전 콜럼버스가 반해버린 열대 과일과 닮았다고 해서 '파파야'라고 불렸습니다. 바로 내가 탐사하게 될 첫 행선지였죠. 내게 파파야에서 생명체를 찾으라는 임무가 주어졌습니다. 출정을 하는 데에 그다지 오래 시간이 걸리진 않았습니다. 나는 미립자 전송실에 거치되어 탐사 장비를 최종적으로 점검하는 것으로 준비를 마쳤습니다.

하만 박사는 온종일 내 주위를 기웃거리면서 합리적인 정신을 담아낸 최고의 걸작이라며 흥분을 감추지 못했습니다. 사실 그는 누구보다 으뜸가는 천재 과학자, 라고 스스로 믿고 있는 이였죠. 하만 박사 연구팀이 그의 등 뒤에서 소곤거렸던 걸 보면 꼭 그런 것 같지는 않지만요. 그날 밤 하만 박사는 아무도 없는 미립자 전송실 밖에서 손차양을 한 채 나를 한참 동안 바라보더군요. 수많은 시행착오 끝에 만들어낸 나란 존재에 대해 깊은 감명이라도 받았던 걸까요.

사랑한다.

그러고는 그답지 않게 눈물까지 글썽이는 게 아니었겠습니까. 정말 오글거리는 밤이었죠.

다음 날 아침, 하만 박사 연구팀은 내 이름이 적힌 후드티를 입고 나를 응원했습니다. 하만 박사는 퉁퉁 부은 눈으로 나를 보며 손을 흔들어주더군요. 그때 난, 그들 식으로 표현하자면 살짝 으쓱했다고나 할까요.

나는 파파야 행성에 도착하자마자 실시간 영상을 찍어 하만 박사에게 전송했습니다. 다급할 건 없었습니다. 모든 게 순조로웠고, 평화로웠거든요. 나의 임무를 방해하는 건 아무것도 없었죠. 그런데 하만 박사는 눈앞이 깜깜하다며 나를 닦달하더군요. 영상을 똑바로 찍어 전송하라고 말이죠. 물론 카메라엔 아무런 문제가 없었습니다. 문제가 있다면 파파야 행성의 빛깔이었죠. 파파야는 반짝

반짝 빛나는 정도가 아니라 너무나도 눈부신 행성이었거든요. 어딜 보더라도 황금빛 평야뿐이었습니다. 아마 생명체가 있다면 모조리 시력을 잃었을 테지요. 결론부터 말하자면 파파야는 불모지 그 자체였습니다. 대기가 없는 건 두말할 나위조차 없었고, 그 어떤 유기물 또한 발견되지 않았습니다. 그럼에도 불구하고 하만 박사는 내게 산소나 메탄과 같은 기체 농도를 분석하라고 명령하더군요. 광합성을 하는 유기체가 있다면 탄소를 이용할 거라는 기대에서였죠. 답답한 노릇이지만 어쩔 수 없었죠. 시키는 대로, 나는 서둘러 열분해 방출 실험을 실시했습니다. 예상했던 대로 결과는 기대에 못 미쳤습니다. 그럴 리 없다며, 쿵쿵거리는 소리가 나의 중성미자 센서를 흔들어놓더군요. 하만 박사는 테이블에 이마라도 찧고 있었던 걸까요. 반창고라도 찾고 있는 건지 그 후로 한동안 잠잠하더군요. 그때만 해도 하만 박사는 혈기왕성한 나이였죠. 그래서인지 감정의 기복도 심했던 것 같습니다. 풀 죽어 있을지도 모를 그를 위해 거짓 정보라도 보내서 토닥거려주고 싶을 정도였죠. 그리곤 한마니 넛붙였겠죠.

뭐, 첫술에 배부를 리 있겠습니까.

사실 망막한 우주에서 생명을 찾는다는 게 쉬운 일은 아니잖습니까. 우리 은하만 하더라도 2,000억에서 4,000억 개쯤 되는 별이 있다니까요. 하지만 그 말은 우주 어딘가에 생명이 살고 있을 가능성이 그만큼 높다는 말이기도 하잖아요. 분명 어딘가에는 생명체가 거주하고 있는 행성이 있을 것입니다. 하지만 당시만 하더라도 어느 누구도 어디에 무엇이 있을지 장담할 수 없었죠. 은하의 폭이 10만 광년이라는 사실에 비추어 보면 내가 항해한 거리는 티도 나지 않을 만큼 무의미한 수치나 다름없었습니다. 일찌감치 낙담할 필요는 없었습니다. 나는 파파야의 매혹적인 빛의 향연을 보며 차분하게 다음 임무를 기다렸습니다. 하만 박사의 표현을 빌리자면, 그때까지만 해도 좀 설레긴 했습니다. 사실 파파야 행성의 빛깔은 너무나도 황홀하고 아름다웠거든요. 특히 이른 아침 모항성에서 뿜어져 나오는 눈부신 연보랏빛 광선이 파파야의 황금 평야를 덮는 순간 벌어지는 알록달록한 빛들의 향연은 단연 최고였습니다. 만약 어느 시인이 그 눈부신 광경을 보았다면 어떻게 표현했을까요? 이미 오래전에 우주의 미아가 된 채 창백하게 식어 있을 나의 선배—보이저호에 실린 보들레르의 시 한 편이 새삼 떠오르더군요.

"호수를 넘고, 골짜기를 넘고, 산을, 숲을, 구름을, 바다를 넘어, 태양도 지나고, 창공도 지나, 별 총총한 경계도 지나, 내 영혼, 이렇듯 민첩하게 움직여, 파도 속에서 황홀해하는 강인한 헤엄꾼처럼, 무한한 우주를 즐겁게 날아가는구나, 형언할 수 없는 힘찬 쾌락을 맛보며……."●

지구의 시간으로 어느덧 하루가 지났습니다. 이 광활한 우주에서 '하루'가 얼마나 의미 있는 시간인지는 모르겠습니다. 그렇지만 나

● 보들레르의 시 「악의 꽃」 중에서

는 하루와 하루, 또 하루와 하루, 무수한 하루를 쉬지 않고 항해해 왔습니다. 얼마만큼의 시간을 항해해 왔냐고요? 그건 나도 잘 모르겠습니다. 아주 오랜 시간이 흐른 것 같기도 하고, 그렇지 않은 것 같기도 합니다. 다만 한 가지, 그동안 나의 고향만큼 아름다운 행성을 만난 적이 없다는 겁니다. 어쩌면 저 행성 역시 나의 첫 행선지였던 파파야와 별반 다를 바 없는 불모지일지도 모르겠습니다. 저 이름 없는 행성을 에그로 부르면 어떨까요? 내 여정의 마지막 행성. 나의 무덤이 될 행성. 에그라고 불러도 나쁘진 않겠군요.

이봐요, 에그. 내 얘기 들리나요?

……

파파야 행성에서 4광년쯤 떨어진 거리에 있는 오렌지 행성을 탐사하라는 임무는 그로부터 10개월쯤 지나 주어졌습니다. 지구보다 다섯 배 정도 큰 오렌지 행성은 십여 년 전에 하만 박사가 발견했는데 사실 탐사 가치는 별로 없었습니다. 나의 계산으론 오렌지 행성에 생명체가 있을 가능성은 제로에 가까웠습니다. 모항성의 에너지 농도나 모항성과 오렌지 행성의 거리만 보더라도 생명체가 거주하기란 애초부터 불가능한 조건이었으니까요. 그 사실은 구식 장비인 허블망원경으로 관측해도 충분히 파악할 수 있었죠. 뿐만 아니라 간단한 방정식 몇 개만 풀어본 풋내기 과학자라도 오렌지 행성이 얼마나 보잘것없는 행성인지 알 수 있었을 겁니다. 그런데 어찌된 영문인지 내게 그곳을 탐사하라는 임무가 주어진 것입니다.

난처할 것까진 없었습니다. 나는 주어진 임무만 수행하면 되는 무인 우주탐사선에 불과하니까요. 다만 의아했던 건 하만 박사가 대체 왜 크레이터가 송송 뚫려 있는 오렌지 행성으로 나를 보냈냐는 것입니다. 혹시 생명체에 관한 상큼한 단서라도 기대했던 것일까요? 어쨌건 그때만 해도 지구의 형편이 어렵진 않았을 테니 성간 우주의 크고 작은 행성을 탐사하고자 했던 하만 박사의 뜻깊은 의도가 있던 것인지도 모르겠습니다.

오렌지 행성에 다다랐을 무렵 하만 박사의 목소리가 치직거리며 센서에 닿았습니다. 어쩐지 불길하더군요. 아니나 다를까 나는 오렌지에 채 착륙하기도 전에 행성이 뿜어내는 해로운 전자기 입자와 충돌하여 동력 장치 일부가 망가졌습니다. 쉽게 얘기하자면 절름발이가 된 거였죠.

오렌지는 거대한 회오리바람이 쉴 새 없이 몰아치는 황무지 행성이었습니다. 행성 이름에 걸맞게 오렌지색 흙먼지가 끊임없이 날렸죠. 나는 흙먼지를 잔뜩 뒤집어쓴 채 북반구 중위도 지점에 불시착했습니다. 내게 폐라는 게 있다면 숨이라도 좀 가눠야 할 성싶었습니다. 그러나 하만 박사는 곧바로 대기를 관측하라고 시키더군요. 그 다급한 성미가 어디 가겠습니까. 하나마나 빤한 짓을, 나는 또 시키는 대로 했습니다. 기상 안테나를 쭉 뽑아 세우고는 대기 성분들을 분석했습니다. 어라? 그런데 의외의 성분이 검출된 게 아니겠습니까. 대기 중에 다량의 유기분자가 부유하고 있던 겁니다. 하만 박사가 기대한 게 바로 그거였을까요.

하만 박사는 내게 안테나를 좀 더 치켜들라고 지시하더군요. 자세가 불안했지만 어쩔 수 없었죠. 나는 안테나를 치켜든 채 대기 성분을 채집해 조목조목 분석했습니다. 그리고 계산한 결과를 하만 박사에게 전송했습니다. 대기의 주성분은 시안화수소였는데 흔히 청산이라고 불리는 물질이었습니다. 하만 박사의 쩌렁쩌렁한 호통이 내 센서를 흔들었습니다. 그와 동시에 번개 한 줄기가 느닷없이 내 정수리에 내리꽂히더군요. 사실 드넓은 황무지 위에서 안테나를 치켜든 나는 작은 피뢰침이나 다름없었죠. 오렌지는 최악의 행성임에 틀림없었습니다. 나는 번개를 연거푸 얻어맞고 데굴데굴 굴렀습니다. 그러더니 결국엔 하만 박사와 교신마저 끊겨버리는 게 아니었겠습니까. 절름발이가 된 것도 모자라 귀머거리까지 된 셈이었죠. 바람이 실어 나른 밀도 높은 흙먼지가 내 머리 위로 켜켜이 쌓여갔습니다. 이온 연료 추력기마저 흙먼지로 꽉 막혀 꼼짝달싹할 수가 없었습니다. 발버둥치려 할수록 점점 흙더미 속으로 파묻히더군요. 할 수 있는 게 아무것도 없었죠. 무덤으로 가는 길이 별 게 있겠습니까. 내 능력은 고작 그 정도였습니다. 내가 지구인과 꼭 닮은 게 하나 있다면 바로 나약하다는 것입니다. 그렇지만 그런 지구인의 나약함이 나를 태어나게 한 게 아니겠습니까. 나는 포기하지 않았습니다. 포기하기엔 너무 일렀죠. 그 역시 내가 지구인과 닮은 점이기도 하죠. 나는 위기 시 대응 매뉴얼대로 힘껏 소리쳤습니다.

도와주세요!

……

매뉴얼이 엉터리였던 걸까요. 아니면 내가 어리석었던 걸까요. 하만 박사의 말처럼 앞이 깜깜하더군요. 어느 누구도 나를 도와주지 않았습니다. 지구의 어느 작은 마을에서 태어난 아기가 무럭무럭 자라서 학교를 졸업하고 도시로 나가 취직도 하고 가정을 꾸려 아이를 낳아 함께 공놀이를 할 수 있을 만큼 시간이 흘렀습니다. 그러니까 377,952시간 동안 흙무덤 속에서 아무것도 하지 않은 채 보낸 거였죠.

나를 일으켜 세운 건 팔 할이 바람이었습니다. 바람이 실어 온 흙먼지는 바람이 싣고 갔습니다. 정확하게는 79.937퍼센트의 바람이 동력 장치와 통신 장치를 청소해주었습니다. 나머지는 모항성의 고운 입자에너지 덕을 조금 보았습니다. 적잖은 양분을 보충할 수 있었거든요. 어느 정도 기력을 회복한 나는 하만 박사와 교신을 시도했습니다. 되살아난 나를 보면 얼마나 반가워하겠습니까. 하지만 어쩌면 조의를 표해야 할지도 몰랐습니다. 그는 어느덧 일백을 훌쩍 넘겼을 나이였으니까요. 살아 있더라도 아마 은퇴했을 가능성이 높았습니다. 그럼 나는 조금은 너그러울지 모를 하만 박사의 후임자로부터 새로운 임무를 부여받게 될지도 모를 일이었죠.

아, 그때 그 목소리를 잊을 수가 없네요.

오랜 시간 흙무덤 속에 묻혀 있던 탓에 두뇌 회로 어딘가에 이상이라도 생겼던 걸까요. 나의 예상은 모조리 빗나갔습니다. 내가 지구를 떠나올 때보다 의학 기술이 더 발달한 사실을 간과했지 뭡니까. 하긴 지구인들에게 충분한 시간만 주어진다면 불로장생의 신약쯤은 거뜬히 개발해냈을 겁니다. 막상 하만 박사의 새된 목소리를 다시 듣자 도로 흙무덤 속으로 숨어버리고 싶더군요. 그는 건재했고, 예전처럼 나를 다시 독촉했습니다.

이번엔 꽤 먼 곳이었습니다. 빛의 속도로 3만2천 년을 내달려야 하는 비타민 항성계였죠. 그 거리는 지구인들이 생명체를 이동시킬 수 있는 기술을 그만큼 확보했다는 걸 뜻하는 건지도 모르겠습니다. 그게 아니라면 하만 박사의 노망에서 비롯된 무모한 도전일지도 모르죠. 이제와 판단해보자면, 후자였을 가능성이 높아 보입니다만.

사실 나는 처음부터 비타민 항성계가 내키지 않았습니다. 태양보다 여물지 못한 비타민 항성으로부터 날아온 중성미자에서는 젖비린내 같은 게 났거든요. 그건 직감이 아닌 철저한 나의 계산에 따른 결과였지요. 그가 상식적인 데이터를 믿고 나를 두 개의 행성으로 보냈던 것처럼 나 역시 지극히 상식적인 데이터를 그에게 보냈습니다. 하지만 요지부동이더군요. 만약 그때 하만 박사를 보다 간곡히 말렸더라면 어떻게 되었을까요? 모르긴 해도 지금과는 분명 달라졌을 겁니다. 그렇지만 내가 무슨 수로 그의 고집을 꺾을 수 있었겠습니까. 하자면 하자는 대로 할 수밖에요. 그 또한 하만 박사가 극찬해 마지않는 나의 합리적인 정신이기도 하잖아요. 어찌 됐든 그는 나의 가능성을 끝까지 시험해보려고 했을 겁니다. 어느새 또 하루가 지났군요. 이제 내게 남은 시간은 나흘뿐입니다.

맙소사.

방금 무슨 소리 듣지 못했나요? 분명, 무슨 소리가 들렸습니다. 내가 아무리 오랜 시간 무료하게 항해했다 해도 이런 장난을 하진 않습니다.

엇? 이건, 아기 울음소리입니다. 맞아요. 아기의 울음소리가 들립니다. 그뿐만이 아니네요. 아기를 달래는 엄마의 나지막한 노랫소리도 들립니다. 혹시 내 얘기 들리나요? 나는 에그입니다. 지구에서 온 무인 우주탐사선입니다.

…….

그럴 리가 없겠죠. 그래요. 내가 잘못 들었을 겁니다. 그런데 이상하네요. 오늘따라 온종일 지구의 소리가 들립니다. 해 뜰 무렵 새들이 지저귀는 소리, 사람들의 발자국 소리와 도란거리는 말소리, 두근두근 심장이 박동하는 소리와 은은하게 울려 퍼지는 종소리, 바람을 머금은 나뭇잎이 이리저리 부대끼는 소리와 빗방울이 떨어지는 소리, 들소가 무리지어 달리는 소리와 코끼리가 우렁차게 포효하는 소리도 들립니다. 센서는 오래전에 먹통이 되어버렸는데 어째서 이런 소리들이 내 주위에서 윙윙거리는지 모르겠습니다. 그럴 리 없겠지만 차갑게 식어버린 나의 오랜 선배 보이저호가 보낸 신호인지도 모르죠. 만약 그렇다면 조금은 덜 외로울 것 같긴 합니다. 이제 나도 수명이 다 된 것 같습니다. 말년의 하만 박사처럼 곧잘 환청이라는 것에 시달리니까요. 하긴 기대수명을 훨씬 넘기긴 했으니 아쉬울 건 없습니다. 영원한 건 없다면서요. 하만 박사가 말했더군요. 애석하게도 나는 그 사실을 한참이 지나고 나서야 알게 되었습니다.

하만 박사는 비타민 항성계에서 유의미한 행성을 탐색하라는 임무를 내게 주었습니다. 그 무렵 하만 박사는 나잇값을 하는 듯했습니다. 그는 내가 항성계로 진입하기 전 자율 탐사권을 줬거든요. 이전과 달리 하만 박사는 특정 행성을 지목하지 않았습니다. 수만 광년 거리에 있는 항성계에서 특정 행성을 지목하기엔 위험부담도 컸을 테지요. 지구 주변에서 관측할 수 있는 별빛의 양과 달리 막상 현장에 가보면 사멸했거나 초신성일 수도 있거든요. 그로 인해 수많은 나의 동료들이 막막한 우주에서 삶을 마치곤 했습니다. 나는 비타민 항성계로 접근하며 차폐벽을 꼼꼼하게 점검했습니다. 오렌지 행성에서 겪은 사고를 미연에 방지하기 위함이었죠.

비타민 항성계는 항성을 중심으로 열두 개의 크고 작은 행성이 공전하고 있었습니다. 태양계보다 약간 큰 규모였고, 생성 시기는 그보다 짧았습니다. 계산상 비타민 항성으로부터 다섯 번째에 위치한 토마토 행성에 그나마 생명체가 있을 가능성이 높았습니다. 나는 두 가지 임무를 동시에 수행해야 했는데, 비타민 항성의 에너지

성분과 농도를 관측하고 토마토 행성에 있을지도 모를 생태계를 탐사하는 것이었죠. 어려울 건 없었습니다. 다만 에너지를 비축하자면 가장 경제적인 항로를 찾아야 했습니다. 나는 항성계 외부로부터 접근해 비타민 항성을 한 바퀴 돌고 나오는 길에 토마토 행성에 착륙할 계획을 세웠습니다. 럭비공 모양의 타원형 궤도를 따라 항해하면 비타민 항성을 비롯해 네 개 행성의 중력을 이용해 도움닫기를 할 수 있어 에너지를 아낄 수 있었습니다. 게다가 계산대로라면 토마토 행성에 착륙하기 전까지 비타민 항성이 뿜어내는 적외선을 비롯한 여러 우주선(線)의 파동과 수치를 분석할 수 있었고, 그 밖에도 네 개의 행성에 대한 부차적인 정보도 수집할 수 있었으니까요. 나의 궤도를 검토한 하만 박사는 곧장 승인했습니다.

　나는 비타민 항성이 발산하는 들쭉날쭉한 열에너지로 샤워를 하며 서서히 접근했습니다. 시작은 순조로웠습니다. 하만 박사 연구팀은 여느 때보다 큰 기대를 품고 있는 듯했습니다. 그런데 어느 지점에서 계산상의 오차가 있었던 걸까요? 그게 하만 박사의 실수인지 아니면 나의 실수인지 검산하기엔 이미 늦어버린 상황이었죠. 토마토 행성으로부터 약 42만 킬로미터 거리에 이르렀을 때였습니다. 별안간 항로가 홱 틀어지는가 싶더니 주체할 수 없을 정도로 가속도가 붙는 게 아니겠습니까. 정상 궤도를 되찾기 위해 이온 연료를 불태우며 뒷걸음질 쳤지만 소용없었습니다. 토마토 행성은 엄청난 힘으로 나를 끌어당겼습니다. 전혀 예상치 못한 사태였죠. 자세

제어 장치에 말썽이 생기더니 이윽고 나는 팽이처럼 빙글빙글 돌며 급기야 토마토 행성을 향해 곤두박질쳤습니다. 유사시에 사용할 목적으로 장착된 발전기의 폭발이 우려되었습니다. 그것은 보이저호와 같은 재래식 탐사선의 동력 장치였는데 하만 박사가 우격다짐으로 내 몸에 끼워 넣은 것이었죠. 가까스로 발전기를 분리하고 나니 이어서 온도 조절 장치가 말썽이더군요.

토마토 행성에 불시착한 나는 한동안 정신을 차릴 수가 없었습니다. 묵직한 납덩이가 내 몸을 짓누르는 듯했죠. 그러나 항로가 틀어졌다고 해서 임무 수행을 게을리 할 순 없었습니다. 나는 즉시 계획을 수정했습니다. 우선 불시착 원인부터 파악했습니다. 그다음 토마토 행성을 탐사하고 비타민 항성으로 항해할 예정이었죠. 임무를 완수하기까지는 지구의 시간으로 약 9개월이면 충분할 성싶었습니다.

토마토 행성이 나를 옭아맸던 힘은 토마토 행성이 달고 있는 슈가 위성이 원인이었습니다. 자잘한 설탕 알갱이 같은 고리를 가지고 있는 슈가 위성은 토마토 행성의 근접 거리에서 공전하고 있었는데 그로 인해 토마토 행성에는 엄청난 인력이 작용하고 있던 거였죠. 다시금 불길해지더군요. 나는 재빨리 토마토 행성의 기압을 체크해보았습니다. 아니나 다를까 바이블처럼 묵직하더군요. 지구보다는 80배 높은 기압이었습니다. 내다 버린 발전기의 산화플루토늄을 모조리 소모해야 날아오를 수 있는 수치였습니다. 하지만 정작 난감한 일은 따로 있었습니다. 나는 하만 박사를 불렀습니다. 피로회복제라도 찾고 있던 것일까요. 하만 박사는 감감무소식이었습니다. 센서에도 문제가 생긴 거였죠. 어쩌면 토마토 행성이 마지막 행선지가 될지도 모른다는 판단이 서더군요.

두려웠냐고요? 그럴 리가요. 나는 지구에서 온 무인우주탐사선 에그입니다. 지구로부터 가장 먼 곳까지 항해한 탐사선이기도 하죠. 내겐 해야 할 일이 있었습니다. 고집불통 하만 박사가 머지않아 나를 찾아낼 거라 믿어 의심치 않았습니다. 나는 하만 박사와 다시 교신할 날을 기다리며 토마토 행성의 지형도를 작성하고, 대기 성분을 분석했습니다.

넓은 면적은 아니었지만 토마토 행성에는 지구인들이 딛고 설 수 있는 육지가 있었습니다. 물론 엄청나게 높은 기압이 문제이긴 했죠. 지구인들은 토마토 행성의 땅을 밟는 순간 피자처럼 납작해지겠죠. 그러나 문제될 건 없습니다. 하만 박사가 나를 만들어낸 것처럼 지구인들은 80기압을 극복해낼 기압 조절 장치쯤은 어렵지 않게 만들어낼 테니까요. 온도 조절 장치가 망가지는 바람에 기온을 측정할 수는 없었지만 곳곳에 얼음이 있는 걸로 봐서 꽤나 추운 듯했습니다. 지구인들은 그 또한 가뿐히 극복해낼 것입니다. 물론 얼음이 있다는 건 좋은 징조였죠. 다만 슈가 위성과의 인력 작용으로 인한 엄청난 조석이 난관이었습니다. 걸핏하면 지각이 진흙처럼 흘러내렸고, 균열된 곳마다 용암 호수가 고이곤 했습니다. 한번은 안전한 지각인 줄 알고 내려앉아 탐사를 하던 중에 간헐천이 뿜어져 나오는 바람에 바짝 익을 뻔한 적도 있었습니다. 겉으론 평온해 보이지만 조석으로 인해 지각 내부에선 끊임없이 마찰이 일어나고 있던 거였죠. 툭하면 요동치는 지각의 움직임은 도무지 종잡을 수가 없었습니다. 그 때문에 나는 이온 연료를 찔끔찔끔 분사해가며 줄곧 안정된 지각을 찾아다녀야 했습니다. 그러는 와중에도 임무를 완수하기 위해 최선을 다했죠. 하만 박사를 위해, 그리고 내 소식을 기다리고 있을지도 모를 지구인들을 위해서 말이죠. 단 하루도 쉬지 않고 토마토 행성 구석구석을 파헤치고 다니며 조금이라도 유용하다 싶은 정보는 모조리 긁어모았습니다. 그곳에서 역시 하루는 정말 짧더군요.

그래요, 하루는 정말 짧은 시간이에요.

오늘은 어디선가 풀벌레 우는 소리가 들립니다. 이상한 일이죠. 센서는 오래전에 먹통이 되었는데 왜 자꾸만 환청이 들리는 걸까요. 마치 나를 위로해주기 위해 노래해주는 것 같기도 해요. 그렇지만 좋은 건지 나쁜 건지 알 수가 없네요. 어떠한 방식으로 계산을 해봐도 그 이유를 알 수가 없습니다. 좋은 걸 좋다고 말하고 나쁜 걸 나쁘다고 말할 수 있다는 건 도대체 어떤 것일까요? 나로서는 그러한 감정을 온전히 이해할 수 없습니다. 그럼에도 불구하고 수많은 연산 작용을 통해 서툴게 표현하자면, 지금, 나는, 조금, 쓸쓸합니다.

누군가 미지의 세계를 여행한다면 이 사실을 참고하길 바랍니다.

물론 내 계산이 틀리지 않았다는 전제에서 말이죠. 비록 내가 알 수 없는 감정이긴 하지만 무릇 그동안 항해해온 내 처지에 비추어 보니 그렇다는 것입니다. 그 또한 참고하기 바랍니다.

이제 내게 남은 시간은 72시간이네요. 그동안 나는 무엇을 할 수 있을까요?

토마토 행성에서 하만 박사의 목소리를 다시 듣게 된 건 71년 만이었습니다. 내게 지구인처럼 마음이란 게 있었다면 그를 꼭 부둥켜안았을지도 모르겠네요. 그가 나를 반가워했냐고요? 천만에요. 그는 콜록거리면서 내가 발전기를 제멋대로 떼어버렸다며 버럭 성질부터 내더군요. 성격은 그리 쉽게 변하는 게 아닌가봐요. 정작 내게 자율 탐사권을 준 건 자신이었으면서 말이에요. 발전기를 떼어내지 않았다면 난 71년 전에 산산조각 났을 거라고요.

시간이 많지 않다.

하만 박사가 그러더군요. 그의 목소리는 이전과 달리 조금 누그러져 있었습니다. 시간은 왜 지구인을 나약하게 만드는 걸까요. 시간이 많지 않다는 건 나도 잘 알고 있었습니다. 그는 172년을 살았으니까요.

그는 대뜸 내가 슈가 위성을 탐사해보길 원하더군요. 달에 토끼든 뭐든 살지 모른다고 믿었던 먼 옛날 순진했던 지구인들처럼 하만 박사는 슈가 위성에 누군가 살고 있을 거라 기대라도 했던 걸까요. 나는 단번에 거절했습니다. 아니나 다를까 하만 박사는 고집을 부렸습니다. 나도 물러설 수 없었습니다. 그건 하만 박사를 위한 일이기도 했으니까요. 더 이상 시간을 낭비해선 안 된다고 판단했습니다. 나는 슈가가 빈털터리 위성일 뿐이라고 알려주었죠. 그건 그동안 긁어모은 정보로도 충분히 알 수 있는 사실이었으니까요. 하만 박사가 침을 튀기며 화내는 모습이 눈앞에 보이는 듯했습니다. 사실 그는 얼마든지 나의 보잘것없는 정신을 빼앗고 조종할 수도 있었습니다. 그런데 그러지 않더군요.

한 번만, 딱 한 번만 가보면 안 되겠나? 부탁한다.

그 말은 내겐 너무나도 생소했습니다. 부탁이라니요. 전혀 하만 박사답지 않은 말투였지요. 그때만 해도 무슨 까닭인지 도통 짐작할 수 없었습니다. 하긴 내가 제아무리 뛰어난들 하만 박사의 마음속에 무엇이 들어 있는지 어찌 알 수 있겠습니까. 그런데 이상하게도 몸이 제멋대로 달싹거렸습니다. 하지만 토마토 행성의 인력을 극복해 슈가 위성까지 간다는 건 불가능한 일이었습니다. 대신 그동안 수집한 자료를 하만 박사에게 보냈습니다. 그가 또 한 번 테이블에 이마를 찧는 일이 없길 바라면서 말이죠. 한참 후에 기력을 다한 듯 깜빡거리는 음성이 센서에 와 닿았습니다.

거. 긴. 아. 니. 다.

그건 내가 들은 살아생전 하만 박사의 마지막 목소리이기도 했습니다.

그래서요?

나는 다급히 그를 호출했습니다. 줄곧 이래라저래라 참견하던 그가 원망스러운 한편 왠지 잘못했다고 말해야 할 것 같았습니다. 그러나 더 이상 그의 목소리는 들을 수 없었습니다.

그의 생애를 우주의 시간으로 보자면 그다지 오랜 기간은 아니었죠. 누구보다 칭찬에 인색했던 사람. 이따금씩 그의 목소리가 웽웽거리기도 합니다. 그럴 때면 나는 가만히 그의 이름을 불러봅니다.

하만……

당신은 왜 내 얘길 들어주지 않았나요? 내게 왜 그랬나요? 난 한 번도 말썽 피운 적이 없잖아요. 그날 밤 당신은 미립자 전송실 앞에서 내 이름을 부르며 손등으로 눈물을 훔치지 않았던가요. 나를 보며 사랑한다고 말하지 않았던가요. 그건 거짓말이었나요? 이제 난 어떡하죠? 당신에게 궁금한 게 너무 많았는데. 당신의 목소리, 당신의 영혼, 그런 것들은 이제 어디에 있나요?

하만 박사의 연구팀은 토마토 행성이 나의 무덤이 될 거라 확신했을 겁니다. 그들은 하만 박사가 눈을 감자마자 내 이름이 적힌 후드티를 벗어 던진 게 틀림없습니다. 그때부터 내겐 그 어떤 임무도 주어지지 않았거든요. 정확한 표현인지 모르겠지만 그땐 정말로 참담하더군요. 죽음이란 이런 거구나 싶었어요. 달리 방법이 있었겠습니까. 아무리 궁리하고 애써본들 질척한 토마토 행성에서 벗어날 수 있는 뾰족한 방법은 없었죠. 그저 수명이 다할 때까지 하루하루 버티는 수밖에요.

시간이 지나면서 비타민 항성의 빛다발은 처음에 보았던 것과 달리 점차 고르게 쏟아졌습니다. 엄청난 굉음을 일으키며 돌던 슈가 위성은 어느덧 토마토 행성으로부터 점점 멀어졌죠. 그러자 토마토 행성의 인력도 차츰 약해지더군요. 기압 수치 또한 점점 떨어졌습니다. 네. 분명 그렇게 되었습니다. 얼마나 오랜 시간이 흘렀냐고요? 자그마치 4억, 하고도 2천만 년이었습니다. 믿어지나요? 그쯤이면 내가 토마토 행성의 터줏대감이라고 자처해도 딴죽을 걸 이는 없을 겁니다.

그동안 토마토 행성은 지구에 버금가는 면모를 갖추어갔습니다. 생명이요? 누군가 궁금해할지 몰라 얘기하자면, 있었습니다. 아주 잠깐이긴 했지만 극한성 생물이 출현한 적이 있었습니다. 하만 박사가 그 사실을 알게 되었다면 놀란 나머지 바지에 오줌을 찔끔 지렸을지도 모를 일이죠. 토마토 행성에 신의 조미료라도 한 방울 떨어졌다면, 그것들은 풀과 나무가 되고 또 잠자리나 개구리와 같은 생명체가 될 수 있었겠죠. 하지만 토마토 행성은 그들과의 공존을 허락하지 않았습니다. 지하에는 활성산소가 가득했고 툭하면 지표면 밖으로 유독한 화합물이 뿜어져 나왔죠. 다시 말해 어떤 생명체라도 세포가 파괴될 수밖에 없는 환경이었죠.

낮에는 비타민 항성의 열에너지를 조금씩 끌어 모으고, 밤에는 반짝이는 별들을 올려다보며 어디로 가야 할지 항로를 계산했습니다. 쉽진 않았습니다. 나는 여전히 우리 은하조차 벗어나지 못했는데 그사이 별자리는 꽤 많이 변해 있었거든요. 계산하는 데에 애를 좀 먹긴 했죠. 나는 쉬지 않고 우주를 내달리고 있는 나의 고향을 바라보았습니다. 희미하긴 했지만 알 수 있었습니다. 조금 식긴 했어도 태양은 여전히 활활 타오르며 절대 되돌아갈 수 없는 은하의 둘레 길을 시속 79만 킬로미터로 질주하고 있었거든요. 서둘러야 했습니다. 어쩌면 나의 소식을 기다리고 있을 지구인들이 있을지도 몰랐으니까요.

토마토 행성의 기력이 노인네처럼 쇠해가던 어느 날 나는 동력을 점검하고 힘껏 도약했습니다. 그러곤 곧장 비타민 항성계를 벗어나 성간 우주를 향해 줄달음쳤습니다. 물론 혹시 모를 지구와의 교신을 위해 센서를 빳빳이 세워둔 채 말이죠. 이따금 우주를 떠도는 지구의 미립자들을 조금씩 채집할 수 있었지만 의미 있는 정보를 파악하기엔 모자란 양이었습니다. 그렇지만 나는 인내하며 온갖 유의미한 입자들을 그러모으고, 내가 모아온 정보들도 송출했습니다.

들리나요? 나는 지구에서 온 에그입니다.

…….

혹시 내 얘기가 지루했다면 미안합니다. 너무나 오랜 시간이 흘러버렸죠. 이제 나의 항해도 얼마 남지 않았습니다. 정확하게 이틀 후면 나는 행성 에그에 충돌할 것입니다. 어느덧 가시거리에 들어온 에그는 생각보다 그럴싸하네요. 1968년 12월, 달의 궤도를 돌고 있던 아폴로 9호, 아니 8호의 비행사 제임스 러벨은 지구를 바라보며 우주의 '오아시스'라고 말했다지요. 제임스 러벨이 아니라 닐 암스트롱이었던가요? 오랜 세월 우주를 유랑한 탓에 이제는 나도 깜빡깜빡하네요. 여하튼 적어도 푸른빛을 머금은 행성 에그도 오아시스 축에는 끼겠군요.

똑똑한 지구인들은 오래전부터 어떤 종류의 별이 생명을 결정하는지 알고 있었습니다. 넉넉한 연료를 오랫동안 불태우며, 거느린 행성에 광합성을 유발할 수 있는 영양가 넘치는 별. 만약 하만 박사의 욕심만 아니었다면, 그래서 시간을 허비하지만 않았다면, 진작 찾아낼 수 있었을지도 모릅니다. 사실 얼마 전에 파란 고무공을 닮은 행성을 만난 적이 있었습니다. 은하의 변두리를 숨바꼭질하듯 공전하고 있는 자그마한 행성이었죠. 드넓은 바다에선 고등어와 비슷한 물고기들이 힘차게 헤엄쳐 다녔고, 따뜻한 바람이 부는 섬에는 화려한 깃털을 자랑하는 새들이 가득했지요. 잔잔한 파도가 말해주듯 조석 또한 겸손하리만치 차분했답니다. 한번은 주홍색 풍성한 깃털을 가진 녀석이 다가와 나를 붉은 부리로 쪼아보더니 자신의 알인 줄 알고 품기까지 했답니다. 실로 오랜만에 느껴보는 포근함이었죠. 그토록 찾아 헤매던 생명의 둥지를 비로소 찾은 거였죠. 그러나 그들은 나를 환대하지 않는 듯했습니다. 내가 나름대로 고르고 고른 지구의 소리를 들려주었을 때 그들은 소스라치게 놀라며 달아나버렸거든요. 심술궂은 대머리독수리를 닮은 녀석의 날갯짓에 채이고, 무시무시한 백상아리를 닮은 녀석의 송곳니에 찔리기도 했습니다. 그렇지만 꿋꿋하게 버텼습니다. 하만 박사가 그토록 찾아 헤맨 생명의 둥우리를 드디어 발견했으니까요. 한 주먹 크기도 안 되는 에그가, 바로 내가 그 일을 해냈다고, 누군가에게 알려주고 싶었습니다.

나는 지구와 꾸준히 교신을 시도했습니다. 그동안 지구인들이 고도로 발달한 문명을 이루어냈을 거라 믿어 의심치 않았거든요. 그리하여 우주의 바다를 유랑하고 있는 나를 찾아낼 거라 확신했던 거죠. 나는 지구인들에게 어서 빨리 나의 성과를 전해주고 싶어 안달이 날 지경이었죠. 나는 시퍼런 밤마다 틈틈이 채집한 우주 입자들의 퍼즐을 이리저리 맞추어보며 채널을 찾기 위해 노력했습니다. 그러던 중 참담하고도 충격적인 사실을 접하게 되었습니다. 하만 박사가 추켜세우길 마지않던 나의 합리적인 정신이란 것은 순식간에 혼미해졌습니다. 보다 정확하게 표현하자면, 아팠습니다.

고통에 몸부림치는 하만 박사의 신음 소리가 나의 센서를 세차게 흔들었습니다. 그는 나를 부르고 있었습니다. 나를 애타게 찾고 있었습니다.

하만, 하만!

나는 그의 부름에 응답했습니다. 하지만 그는 나의 목소리를 들을 수 없었습니다. 우주의 시간은 들쑥날쑥 출렁거리며 우리 둘 사이를 갈라놓았고, 어느덧 그의 목소리는 공포로 가득 차 있었습니다.

하만, 조금만 참아. 금방 끝날 거야.

그를 위해 내가 해줄 수 있는 건 그 말밖에 없었습니다. 이어진 날선 고주파에 담겨 있던 비명과 흐느낌, 그리고 침묵. 그랬습니다. 지구는 한 줌도 안 되는 우주의 재가 되어버린 것이었습니다. 그제야 하만 박사가 서둘렀던 이유를 알 수 있었습니다. 나는 너무나도 작고 하찮아 거대한 우주의 메커니즘을 이해하기엔 부족합니다. 지구에 도대체 무슨 일이 벌어진 걸까요?

혹시 알고 있나요?

…….

지구와 닮은 그 행성에 더 이상 내가 있어야 할 이유가 없었습니다. 나는 망연자실 우주를 떠돌았습니다. 이렇다 할 사건이요? 왜 없었겠습니까. 하지만 곰보 자국도 모자라 여기저기 시퍼렇게 멍들어 있는 내게 더 이상의 사건은 무의미합니다. 1억 년, 아니 10억 년을 더 유랑한다 해도 마찬가지겠죠. 이제 나는 지구가 남겨놓은 작은 부스러기에 불과합니다. 더 이상 나를 다그칠 사람도, 칭찬해줄 사람도 없다는 사실이 이상합니다. 나의 고향은 오래전에 사라졌는데 아직까지 내가 남아 있다는 사실이 이상합니다.

하루도 남지 않은 시간, 나는 무엇을 더 할 수 있을까요? 마지막으로 내가 항해해온 우주를 뒤돌아봅니다. 암흑 속에 어지러이 뒤섞여 있는 무수한 별들의 반짝임. 저토록 많은 반짝거림은 생명을 암시하는 걸까요? 아니면 죽음을 의미하는 걸까요? 저 어딘가에 지구인과 같은 빛나는 창조물이 살고 있을지 모릅니다. 그곳엔 어쩌면 풍성한 햇빛이 내리비추고 바람이 불고 뭉게구름이 피어오르고 맑디맑은 시냇물이 흐를 겁니다. 험준한 바위산 아래 녹색 물결이 이는 들판을 거니는 또 다른 생명은 비옥한 대지의 냄새를 맡으며 돌을 다듬고, 불을 지피고, 곡식을 추수하고, 그릇과 수레바퀴를 만들고 있을지도 모르죠. 만약 그들에게 주어진 시간이 넉넉하다면 기차와 비행기를 만들어내는 것쯤은 어렵지 않을 겁니다. 그리고 언젠가는 그들 역시 내가 항해했던 우주를 향해 폴짝폴짝 뛰어오르려 하겠죠. 까만 밤하늘을 올려다보며 태초부터 궁금하게 여겨왔던 시원의 수수께끼를 풀기 위해 말입니다. 그러고는 묵직하고도 견고한 우주의 문을 두드리며 이렇게 물을지 모릅니다.

아무도 없나요?

…….

분명 이 세상 어딘가 내 얘기를 듣게 될 당신이 있을 거라 믿습니다. 당신이 나의 이야기에 귀 기울여준 것처럼 나 역시 당신의 이야기를 듣고 싶습니다. 하지만 내겐 남아 있는 시간이 너무나 짧습니다. 정수리에서 김이 모락모락 피어오르고 있습니다. 이제 모든 걸 내려놓아야 할 때가 다가왔습니다. 점점 몸이 벌겋게 달아오릅니다. 행성 에그가 나를 강하게 끌어당깁니다. 불길이 식고, 구름이 걷히면, 나는 하얀 재가 되어 있을지도 모르겠군요. 분홍빛 적란운이 뭉게뭉게 피어오르는 하늘빛이 어쩐지 낯익습니다. 저 아래 야자수가 늘어선 모래 해변에 맨발로 서 있는 당신이 손차양을 하고 나를 올려다보네요. 당신의 하얀 손은 너무나도 작고 연약해 보입니다. 환하게 타오르는 나를 향해 손 흔드는 당신을 위해 나는 무엇을 할 수 있을까요? 만약 내게 약간의 시간이 더 허락된다면 당신에게 아름다운 노래를 들려주고, 분홍색 구름을 배경으로 당신의 모습을 카메라에 담았을지도 모르겠네요. 그러면 당신은 볼품없이 검게 그을린 나를 어루만져줄까요? 하지만 시간이 없네요. 오래전 당신을 위해 꾹꾹 눌러 담아놓았던 피치카토 폴카를 선물합니다. 어디선가 하만 박사의 웃음소리가 들리는 듯합니다. 우습게 들릴지도 모르겠지만 나는 당신에게 칭찬받고 싶었습니다. 그런 당신에게 미처 전하지 못한 말이 있었군요.

고맙습니다.

별 게 아니라고 말해줄게요

임현(소설가)

신경심리학자 알렉산드르 루리야의 저서 『모든 것을 기억하는 남자』는 제목 그대로 남다른 기억력을 소유한 S에 대한 임상보고서이다. 1920년대 중반 무렵부터 시작해 30여 년간 관찰해온 루리야는 S의 기억 용량에 한계가 없고, 그 지속성마저 거의 무한하다고 결론내린다. S는 8년 전의 대화를 방금 전의 일처럼 그대로 재현할 수 있었고, 무의미한 숫자나 문자의 조합을 기억해내는 데에도 별다른 어려움이 없었다. 더구나 이 놀라운 사실에 흥미를 더할 만한 또 다른 발견은 그의 공감각적 능력에 있었다. S의 경우 소리로부터 시각적 이미지를 떠올리거나 촉각을 느낄 수 있었고, 추상적 개념이나 관념어조차도 이미지로 변환시켜 받아들였는데 예를 들어, 숫자 1은 '으스대고 덩치가 좋은 남자'를, 2는 '발랄한 여자'를 떠올리게 하며, 87은 뚱뚱한 여자와 콧수염을 만지작거리는 남자의 모습을 함께 보는 식이었다. 모든 것을 기억할 수 있었지만, 불과 5분 전의 일과 5년 전의 일 사이의 간극을 구분할 수 없던 S의 말년은 비극적이었다. 결국, 자신의 상상과 현실의 기억마저 분간할 수 없는 지경에 이르며 정신병원에서 생을 마감하게 된 것이다.

신경심리학의 고전의 반열에 오른 루리야의 이 기록은 한편으로는 기억에 대한 우화처럼 읽히기도 한다. 그러니까 저 비현실적이고 무한한 기억력에 대해 이야기하기 위해서 우리가 의존하고 있는 것이란 남다를 것 없는 루리야의 평범한 기억이라는 것. 아무리 모든 것을 기억할 수 있다고 하더라도 자기 자신만은 홀로 기억될 수는 없다는 것. 그러므로 윤리적 의무로서의 기억은 주로 타자를 향한다. 다만, 저 낯선 타자를 기억하기 위해서 우선 선행되어야 할 것은 타자에 대해 망각해야 한다는 점이다. 왜냐하면 아무것도 망각하지 않는다는 것은 역설적으로 아무것도 기억하지 않는다는 것과 동일하기 때문이다.

기억에 관한 가장 일반적인 표상은 책이나 사진처럼 기록물의 형태로 은유화 하는 것이다. 요컨대 우리의 뇌는 도서관이나 앨범처럼 특정한 기억을 온전하게 보관하고 있다가 필요에 따라 원본 그대로 꺼내어 쓸 수 있다는 것인데, 그 반대 개념으로써의 망각이 훼손이나 분실의 의미적 자질을 지니는 것도 이 때문이다. 더욱이 이러한 이분법적 구도는 기억이 이성적 주체의 능력으로 간주될 때보다 뚜렷해지는데, 이때의 망각은 상대적으로 병리적 결함이나 윤리적 정지 상태로 받아들여진다. 그러나 최근의 인지심리학의 성과들은 기억이 원본 그대로 보존되는 것이 아니라 회상을 통해 매번 재구성된다는 점을 밝히고 있다. 다시 말해, 우리는 언제나 똑같은 기억을 똑같이 떠올리는 것이 아니라 매번 다시 쓰기의 과정을 통해 앞선 기억과는 다른 기억의 사본을 생성시킨다는 것이다. 이러한 견해를 바탕에 둘 때, 기억이란 기록이 완료된 문서의 형태라기보다는 과거의 나로부터 미래의 나에게 전해지는 동안 변형되는 구전 형식에 더 가까워진다. 요컨대, 무엇을 기억한다는 것은 세간에 소문이 퍼지듯 이미 그 자체로 원본 기억에 대한 훼손과 분실을 전제하고 있고, 새로운 내용의 첨가나 왜곡마저 가능하며, 심지어 우리는 우리가 전혀 경험하지 않은 일조차 기억할 수 있다는 것이다. 그리고 이때의 망각은 더 이상 기억의 반대 개념이나 기억의 의무를 수행하지 못하는 무능력 혹은 불완전한 상태가 아니라, 오히려 고통의 기억으로부터 우리를 구제할 대안적 기억이자, 의지를 담은 능동적인 실천으로까지 확장된다. 그리고 여기에 함께 언급할 만한 사례라면 도재경의 소설들일 것이다.

　무언가를 기억하기 위해 필연적으로 망각할 수밖에 없다는 모순과 온전한 기억이란 애당초 불가능하다는 본래적 한계, 그럼에도 누군가의 기억을 재현하고 기록해야 한다는 타자에 대한 윤리적 의무 등으로부터 도재경의 소설은 비롯되는 듯하다. 무엇보다 도재경

은 외상적 기억이나 그 주체를 재현하는 것이 아니라 외상적 기억
으로부터의 망각을 주로 재현하기 때문이다. 그것으로부터 다시 기
억의 흔적을 발견하고 재구성하는 것이 도재경의 글쓰기이다.

　　박 류드밀라 여사는 지난해 가을 마지막 인터뷰를 할 때까지 다
큐멘터리의 기획의도와 벗어난 이야기를 곧잘 하곤 했다. 당연
히 인터뷰는 번번이 중단될 수밖에 없었다. 그날 역시 마찬가지
였다. 그녀는 내게 보여주려던 문서를 탁자에 내려놓고 느닷없이
피에카르스키에 대한 소식을 들은 게 있냐고 물었다. (13쪽)

「피에카르스키를 찾아서」에서 '나'가 다큐멘터리를 통해 기록하
고자 하는 것은 러시아와 중앙아시아 등지에 거주하고 있는 고려인
에 대한 이야기이다. 1937년 스탈린에 의해 강제된 고려인 이주정
책의 당사자였던 박 류드밀라의 이력과 그녀가 수집해온 각종 기록
물과 증언 들은 '나'의 작업에 도움이 되었을 것이 분명하다. 그리
고 당연하게도 그와는 무관한 최초의 우주로켓을 쏘아올린 장본인
으로서 피에카르스키의 터무니없는 사연은 삭제될 수밖에 없었는
데, 그럼에도 불구하고 이 소설이 주목하고 있는 것은 실존했을 가
능성이 높지만 피에카르스키라는 신뢰할 수 없는 그의 기억에 관
한 것이다. 요컨대, 이 우주로켓에 대한 기억은 피에카르스키와 함
께 수용소 생활을 했던 박 류드밀라를 거쳐 그녀의 조카인 율리아

와 다큐멘터리로 제작하려는 '나'에게로 전해지며, 다시 폴란드 출신의 기자 마이코프스키와 간판도 없는 어느 거리의 상점 주인에게까지 이어진다. 그리고 여기에는 '나'의 다큐멘터리가 기록해야 할 수용소에서의 고문과 강제노역의 기억은 의도적으로 배제되어 있으며, 피에카르스키의 거짓말 같은 이야기보다 더 거짓말 같은 일들은 겨우 대화의 흔적으로만 남아 있을 뿐이다.

외상적 기억은 과거의 경험을 망각하거나 재구성할 수 없다는 점에서 고통스럽다. 때문에 보편적인 언어의 형태로 말해질 수 없으며 누군가에게 전해질 수조차 없다. 시간에 구애받지 않고 생생하고 정확하게 반복적으로 떠오르며 기억의 당사자를 괴롭힐 뿐이다. 외상적 기억에 대한 증언이 공동의 영역으로 다뤄져야만 하는 것도 이 때문이다. 정확한 기억을 해체하고 어지럽히는 것은 기억이 없는 비당사자의 몫이며, 그것을 증언하고 재구성할 의무 역시 망각할 수 있는 자만이 가능한 셈이다. 도재경은 바로 이 망각으로부터 시작된 증언 과정을 재현하며 이야기를 듣는 자에게 요구되는 연대적 책임에 주목한다. 곧, 누구 한 사람에 의해 이미 기록되고 완료된 이야기가 아니라, 잡다하고 불필요한 사연이 가득한 구술된 이야기를 통해 기억의 흔적을 드러낸다. 구술은 재구성과 해석의 여지를 남기는 동시에 지속가능한 형태의 이야기 방식이기 때문이다. 그리고 도재경은 이때의 청자에게 '객관'에 대한 맹신으로부터 벗어날 것을 요구한다. 왜냐하면 이때의 객관이란 누구에게나 보편적으로 이해되는 세계이며, 되도록 변하지 않고 검증 가능한 영역인 동시에, 이미 말해지고 확정된 언어의 세계이기 때문이다.

가령, 아흔을 훌쩍 넘긴 '김영호'의 생애를 객관적으로 기록하는 데에는 고작 서문 정도의 분량만으로도 충분할지도 모른다.(「분홍색 고래」) 아마도 구술집의 여러 주인공들과 마찬가지로 부침한 생애를 살아온 인물로 일제강점기에 태어나 징용을 다녀왔다는 것으로 요약 가능할 것이다. "허풍"과 "두서없는 얘기들"을 생략하게 되었을 때 남게 되는 것이야말로 김영호를 가장 객관적으로 설명해줄 것이기 때문이다. 그리고 여기에 '나'와 '윤주 선배'의 입장 차이를 분명하게 드러내는 대화가 있다.

설마 그 이야기를 정말 믿는 건 아니죠?

그럼 우리는 어떤 이야기를 믿어야 하는 거야?

적어도 객관을 가져야죠.

그 객관이란 게 뭔데?

(142쪽)

객관이 강조된 세계에서 기억의 문제는 그것의 정확성을 보완하거나 이미 확정된 내용을 재확인하는 것으로 축소되어 버린다. 곧, 기록물의 역할로써 기억을 한정시키며, 망각은 여전히 결함이나 병리적 상태로 부정된다. 결국 한 사람의 삶을 "상식이라는 잣대"로 이해하겠다는 태도는 말하는 자의 목소리가 아니라 듣는 자의 입장에서 이해하겠다는 것에 다름 아닌 것이다. 그러나 오히려 청자에게는 "머리에 뿔이 두 개 달린 도깨비와 함께 살았다고 말해도 있는 그대로 믿을"(154쪽) 수 있는 전적인 신뢰가 요구된다. 그러니까 잠깐 동안 상식을 망각하는 것, 무엇보다 그럴 때에만 들을 수 있는 다급한 타자의 요청에 응답하는 것. 어쩌면 이야기의 내용을 망각할 때 이야기를 하고 있는 사람에 겨우 주목할 수 있는 게 아닐까. 요컨대, 누군가 '별 게 아니라고 말해줘요.'라고 말할 때, '맞아요, 별 게 아니에요.'라고 긍정의 대답을 건네준다는 것은 함께 그 상처를 잊어주겠다는 의지의 표명인 셈이다. 무엇보다 그런 다음에야 겨우 시작 가능한 말들이 있다. 그리고 도재경의 소설이 바로 그 자리에서 비롯된다는 점에서, 그가 들려주는 저 수많은 개별의 목소리들에 귀 기울일 수밖에 없는 것이다.

작가의 말

들리나요?

……

뒤늦게 이런 이야기를 덧붙여도 될까요?

인류가 화성에 가기 위해선 달을 먼저 밟아야 했습니다. 화성 다음엔 어디일까요? 언젠가는 먼먼 어느 행성에 소풍을 다녀올 수도 있겠죠. 하만은 어린 시절 밤하늘을 올려다보며 어른이 되면 우주를 여행할 수 있을 거라 생각했습니다. 그런데 살다보니 우주여행은 물 건너갔구나 싶었던 거였죠. 그래서 나를 만든 게 아니었겠습니까. 그런데 이상하죠. 비타민 항성계로 진입하기 전 문득 뒤돌아보니 하만은 우주를 여행하고 있었습니다. 지구라는 쾌적한 우주선에 무임승차하고선 말이죠. 정작 그는 그 사실을 몰랐던 거였죠.

알고 있었다고요?

이상하죠. 이따금 그의 목소리가 윙윙거립니다.

안녕하세요?

……

얼마 전 반짝이는 신호 하나를 포착했습니다. 나도 모르게 몸이 꿈틀거렸습니다. 별 수 있겠습니까. 흙먼지를 털어내고 다시 항해할 수밖에요.

우주 곳곳에 흩어져 있는 나의 이야기를 채집해 송출 준비를 도와준 아시아, 응원해준 선배와 동료, 가족, 그리고 호프에너지를 보충해준 에이치에스 박사님, 고맙습니다.

이제 와서 밝히지만 나와 비슷한 시기에 출항한 동반자가 있었습니다. 우리는 이따금 서로의 안부를 묻곤 했습니다. 나와는 다른 우주를 항해하고 있을 제이에게 고마움을 전합니다.

어느덧 저 멀리 당신이 보입니다. 검게 그을린 내 모습이 우스꽝스러워 보이지는 않을까 걱정입니다.

저기 총총히 빛나고 있는 별은 바로 당신입니다.

별 게 아니라고 말해줘요

ⓒ 도재경

2020년 12월 30일 초판 1쇄 펴냄

지은이 도재경 | **펴낸이** 김재범
편집 김지연 정경미 | **관리** 박수연 홍희표
디자인 다랑어스토리 | **인쇄·제본** 굿에그커뮤니케이션 | **종이** 한솔PNS
펴낸곳 (주)아시아 | **출판등록** 2006년 1월 27일 | **등록번호** 제406-2006-000004호
전화 02-821-5055 | **팩스** 02-821-5057 | **이메일** bookasia@hanmail.net
주소 경기도 파주시 회동길 445(서울 사무소: 서울시 동작구 서달로 161-1 3층)
홈페이지 www.bookasia.org | **페이스북** www.facebook.com/asiapublishers

ISBN 979-11-5662-517-9 (03810)